VLADARG DELSAT

ВЕРНУВШИСЬ ИЗ АДА

2024

Первая глава

АЛИН ПАРИ

На самом деле я — Алёна Паршина, но мама вышла замуж за француза и изменила моё имя на французское, чтобы я в школе не выглядела белой вороной, хотя, кажется, в Швейцарии это всем всё равно. Но сделанного не воротишь, а я теперь — Алин, хотя логичней было бы быть Еленой. Но мне было семь лет, права голоса у меня не было, а мама... В общем, ей лучше не возражать. Я и не возражала, мне-то что.

Несмотря на то что Жак мне неродной, любит он меня и заботится, как о собственной дочери, в результате чего я выросла фифой. Балованной, значит, хотя в свои двенадцать я это не очень понимала, пока меня не пригласили в специальную школу. Поначалу, услышав «школа колдовства», я удивилась, потому что больше всего это походило на розыгрыш — сопливую фэнтезятину я читала, конечно.

Но в школу я не попала... Герр Шлоссер, пришедший к нам тогда домой, рассказал мне, что все школы Швейцарии возят детей на экскурсии — ну, это я знала и так, но вот в двенадцать лет детей знакомят с историей нацизма, поэтому экскурсии специфические, а так как я — ведьма, то мне нужно знать технику безопасности, а то могут быть неприятные сюрпризы. Но я слушала его вполуха... Дура я, просто непроходимая дура... Что мне стоило выслушать умного человека?

Об экскурсии куда-то на север Германии нам объявили вчера, и вот сегодня мы едем. Удобный автобус, есть туалет и даже телевизор. Мне, впрочем, скучно. Объяснения по поводу того, куда мы едем, я пропустила мимо ушей, запомнив только, что это надо, и всё. Ну, надо и надо... Мне всё равно.

Приезжаем мы в какой-то городишко, ничего интересного, после чего нас распускают «погулять». Ну, погулять — это мысль, поэтому я топаю в парк. Народу здесь немного, стоят какие-то статуи, мне неинтересные, хотя вон та, в виде девочки с поднятыми вверх руками, которая будто защищается от чего-то, жутковато выглядит. Но мне просто скучно, хочется домой. Думая о том, что мы уже целый день путешествуем, я в задумчивости пинаю какие-то то ли камни, то ли вообще кости. Да ну, откуда здесь кости?..

Одета я в платье. Лето на улице, поэтому по мами

ному настоянию я надела платье, хотя в джинсах было бы удобнее, но мама воспитывалась в суровых условиях, поэтому за непослушание может и за косу оттаскать, и по заднице отходить. Поэтому я боюсь с ней спорить. Да и нарываться ради платья? Фиг с ней! Вырасту, уеду от неё подальше, там она меня уже не достанет.

Вот так я иду, а затем вдруг вижу в траве какой-то железный кружок, на смайлик похожий. Наклонившись, беру его в руки, совершенно забыв о том, что говорил герр Шлоссер. В первый момент ничего не происходит, но вот когда я пытаюсь согреть в руке странно холодный металл, внезапно качусь кубарем от сильного удара по спине. Я слышу свист, и ещё более сильная боль обжигает спину. Обнаружив себя в грязи, я тем не менее не успеваю даже закричать.

— Aufstehen![1] — слышу я злой выкрик. Чьи-то руки быстро поднимают меня на ноги.

— Нельзя лежать — будут бить! — по-французски произносит женский голос.

— За что?! — спрашиваю я, тем не менее заметив помогавшую мне женщину сквозь выступившие слёзы.

— За то, что лежишь, — француженка явно не в настроении что-то ещё объяснять, она придерживает меня, а потом я слышу ещё один злой выкрик и рычание собаки, сменившееся истошным криком, в котором нет ничего человеческого.

Я обнаруживаю себя в толпе людей — детей и взрослых. Нас гонят вперёд, подгоняя очень болезненными ударами каких-то палок. Я почти в панике — что происходит?! Что случилось?! Почему с нами так обращаются? Я смотрю по сторонам, насколько это возможно, но не вижу ни парка, ни статуй, вижу лишь рвущихся с поводков собак, желающих, кажется, вцепиться в меня зубами, и каких-то женщин в одинаковой чёрной одежде, глядящих на меня так, как мама, когда злится.

Я замечаю, что толпа состоит из женщин, девушек и даже детей, я вижу девочек гораздо младше меня! Нас гонят куда-то, как скот, постоянно кричат, бьют, будто получая от этого удовольствие. Мне жутко, просто не сказать как! Наконец, появляется какой-то то ли сарай, но длинный, то ли... как же это слово было?.. Барак, вот! Внутри стоят столы и больше ничего нет. Я слышу ещё одну команду, но не понимаю её.

Люди вокруг меня начинают быстро раздеваться. Я же стою, замерев, не понимая, зачем они это делают.

— Быстро снимай с себя всё! — выкрикивает француженка. Но я не хочу!

Зачем нужно раздеваться, кажется, догола? Я не буду! Ой... Какую-то замешкавшуюся девочку бьют так, что брызги крови летят во все стороны. Это так страшно! Увидев женщину в чёрном, движущуюся в моём направлении с предвкушающей улыбкой, я судорожно начинаю расстёгивать платье. Женщина всё не уходит, она чего-то ждёт, и меня накрывает ужас от её улыбки, поэтому я быстро снимаю с себя всю одежду, как и другие женщины вокруг меня.

Что происходит, я по-прежнему не понимаю, но быть избитой не хочу. И тут звучит выстрел — ту девушку, совсем девочку, просто пристрелили! Видя это, я пытаюсь завизжать от страха, но сильный удар палкой в живот выбивает воздух из лёгких, отчего я чуть не падаю. Очередной хлёсткий удар по обнажённой спине заставляет меня кинуться к толпе таких же голых женщин и девушек.

Нас стригут налысо, затем загоняют в душ, где льётся просто ледяная вода, а затем... затем меня привязывают к креслу такому, ну, которое заставляет ноги раздвинуть, и делают очень больно. Я кричу от этой боли где-то внизу живота, а меня за это бьют по лицу. Впрочем, я не одна такая, все вокруг кричат, визжат, плачут. Затем мне выдают полосатое платье, но белья не дают, а когда я спрашиваю, то получаю такой удар по лицу, что на мгновение теряю сознание. Но хуже этого платья — деревянные сандалии, в которых очень неудобно, правда, говорить об этом я уже не решаюсь.

Затем нас опять гонят. Кричат, бьют, загоняя в низкие деревянные строения. Мне показывают на какое-то место, а так как я не понимаю, то получаю ещё пару ударов, падая на колени. Другие женщины поднимают меня и куда-то усаживают, а я просто ничего не могу понять и только реву от ужаса.

Меня никто не успокаивает, но всё происходящее настолько страшно, что я просто не могу остановиться. Я ничего не понимаю — где я нахожусь, кто эти люди, за что с нами так? Что я такого сделала? Неужели это театр? Нет! Ту девочку точно убили, по-настоящему, это не может быть театром. Тогда что это, что?! Почему эти, в чёрном, так больно дерутся?

— Что это? Где мы? — я не замечаю, как произношу свой вопрос вслух.

— Это концлагерь, дочка, — вздохнув, отвечает по-французски какая-то женщина. — Концлагерь Равенсбрюк.

Какой ещё концлагерь?! Такого не может быть! Они же давно уже закончились? Или... может? Тут я вспоминаю слова герра Шлоссера и чувствую, что сейчас упаду в обморок, но сильная оплеуха приводит меня в чувство.

— Даже не думай, — слышу я. — Затолкают в печь живой!

УВЕ ВЕБЕР

Зовут меня Уве, фамилия — Вебер. Я происхожу из довольно старой немецкой семьи, история которой мне неинтересна. Вчера мне исполнилось четырнадцать, что ничего не означает. Я живу с родителями на каникулах, а вне их — в школе. В Швейцарии есть такая школа — Грасвангталь. Помню, сильно удивился, когда к нам прямо домой явился сопровождающий от школы, приглашение принёс.

В Германии такое не принято, все приглашения, все бумаги доставляются по почте, потому появление сопровождающего несколько озадачило. Ещё больше озадачили его слова о школе колдовства. Выглядело это сказкой, как из фэнтези, но родители почему-то восприняли всё сказанное серьёзно. В тот момент мне казалось всё мистификацией, но поехать я согласился, хотя меня, похоже, и не спрашивали.

Начать «колдуны» решили с поездки в Освенцим. Я поначалу не понял причину этого, но герр Шлоссер очень хорошо умеет объяснять. Он рассказал нам тогда, какую роль играли немецкие колдуны во Второй Мировой войне. Честно говоря, без этого знания я бы отлично обошёлся. Сидел бы дома, играл с телеприставкой и знать не знал бы о том, что произошло когда-то.

Хоть это и было два года назад, я и сейчас помню эти события, как будто они только вчера со мной произошли. Привезли нас автобусами к самому мемориалу. Выглядел он страшно, даже очень. Хорошо известная всему миру арка, ворота с надписью, поднятый шлагбаум...

— Сейчас вы увидите, что хранит эта земля, — произнёс герр Шлоссер.

Он махнул рукой, и вдруг свободное пространство заполонили люди. Они были совсем как настоящие — очень худые, в полосатых робах, брели куда-то, а навстречу им шли матери с детьми, старики, ещё кто-то... Они едва передвигали ноги, но одетые в чёрное надзиратели «помогали» им палками или ремнями какими-то и гнали, гнали куда-то...

— Там находились газовые камеры, — негромко произнёс герр Шлоссер. — Там убивали людей, а потом похоронная команда...

— Нет! Не-е-ет! Не на-а-адо! — завизжала какая-то девчонка так, что я вздрогнул.

Появился герр Нойманн, уведя не выдержавшую девочку. Она плакала навзрыд, видимо, отлично представляя, что видит. Интересно, откуда? Я же был несколько шокирован, не понимая, зачем нам это показывают. Экскурсия длилась два часа, и за это время нам показали многое — страшные склады, газовые камеры, крематории, ямы, в которые сваливали пепел. Мне было просто страшно, но потом я вдруг понял: это сделали немцы. Такие же, как я! Но зачем, зачем?!

Мы возвращались по домам подавленными. Хотелось просто забыть всё увиденное, не вспоминая никогда, но я понимал, что ещё не раз увижу в ночных кошмарах картины Аушвица, и ещё — я никогда и ни за что не захочу власти такой ценой. Да, пожалуй, любой ценой! Очень уж страшным оказался лагерь. Так что, наверное, правильной была эта экскурсия.

После этого я уже совсем иначе воспринимал колдовство — серьёзнее, несмотря на то что было мне на тот момент двенадцать. Поэтому, наверное, и отправился в школу почти безропотно. Единственное, что расстраивало — электроприборы отобрали, сказали, что рванёт. Я-то поверил, а вот один из моих соучеников — нет. А узнали мы это по взрыву в его чемодане.

В свои двенадцать избалованным я не был, скорее, самостоятельным, поэтому отнёсся к запретам философски: не будет плеера — книжку почитаю. Телеприставки было, впрочем, жалко, но я уже тогда понимал, что ничего просто так не бывает, потому надо терпеть, хотя зачем мне это колдовство, понять не мог.

Школа оказалась расположенной в Швейцарии. Нужно доехать до Женевы, а оттуда автобус прямо до Грасвангталя. Что интересно, школу эту никто не скрывает, нет такого, чтобы что-то тайно было. Колдуны служат и в гражданских службах, и в военных, при этом совершенно не вызывая удивления у тех, кто знает. Обычного-то человека колдовство вообще не волнует. Вот я не знаю, кто у нас нынче президент — мне это неинтересно. Канцлер-то на слуху, а президент... Так же и с колдовством — кому надо, тот знает.

Место, где расположена наша школа, уединённое, но красивое, как и вся Швейцария — Трёхозёрье, гора Рюбецаль и Лес Сказок, оказавшийся совсем не сказочным, так как ходить туда в одиночестве запрещается. В первых двух классах — так точно, а вот потом... Потом — как получится. Не о том рассказываю...

Школа выглядит приземистым трёхэтажным зданием. Герр Шлоссер рассказал, что здесь располагался дворец какой-то, что ли, я особо не прислушивался. Жить предполагается в комнатах, рассчитанных на одного, максимум двух человек. Ну, кто с девчонкой или близнецы там — в общем, не возбраняется. Я-то один живу, не люблю компанию.

Самым сложным был первый год, к концу которого я уже втянулся, конечно. Но сложный он был именно бытом, потому что в двенадцать лет просто не ожидаешь самостоятельной жизни, а тут... Нужно было ко многому привыкнуть, многое успеть... А вот второй год уже был попроще, по крайней мере, привычнее. Ну а когда мне четырнадцать исполнилось, то есть сейчас, то появились совершенно другие проблемы. Влюбился я в Лауру Шнитке. Хорошей девчонкой казалась, а вышло, что только казалась.

Лаура весело и непринуждённо ставила меня в тупик полгода в школе, методично доводя до истерики. Хорошо, что я не стал с ней съезжаться, а то война была бы... пострашнее ядерной. Если поначалу девушка была доброй, улыбчивой, то после каникул в неё будто бес вселился. Ну да, я виноват в том, что за полтора месяца мы мало виделись — родители в отпуск на море увезли, но я же предупредил!

Вот после каникул... После каникул Лаура начала придираться буквально к каждому моему слову, отчего у меня возникло желание держаться от неё подальше. У меня всё больше растёт ощущение того, что быть со мной она не хочет. Что с этим делать — ума не приложу, потихоньку, впрочем, от всего этого уставая. Наверное, она мне за что-то мстит, правда, не знаю, за что... Надо родителей расспросить.

Из-за того, что постоянно думаю о Лауре, мысли

путаются, кажется, даже по два раза об одном и том же рассказываю. Мне сейчас об учёбе надо думать, а не о девчонке, но об учёбе совершенно не думается. Вот как она так делает, что я всегда оказываюсь виноват?

Вот примерно в таком настроении я и отбываю на осенние каникулы с острым желанием посоветоваться с родителями. И, если возможно, попросить «инструкцию по эксплуатации» таких, как Лаура. Невозможно же совсем! Чего она хочет? Чего ей не хватает?

Вторая глава

АЛИН ПАРИ

Мне везёт, я и сама не понимаю, как сильно мне везёт. Явно приглянувшись какой-то женщине, я попадаю в её «дочки». Моя лагерная «мама» объясняет мне, что здесь бывает с сиротами. Почему-то мне совсем не хочется знать, что такое «газенваген»[1]. Я отрицаю это знание, не желая принимать его. Но эта русская женщина, называющая меня Алёнушкой — откуда только узнала моё имя? — она спасает меня от немедленной смерти, хотя от всего остального, конечно, не спастись.

Принять местный порядок мне помогают плётки ауфзеерок[2]. Здесь нельзя смотреть в глаза тем, кто в чёрном. Испуганный взгляд они могут принять за дерзкий, и тогда... Тогда будет больно.

Я смотрю за младшими детьми в нашем восемнадцатом «семейном» блоке. Младших пока на опыты не таскают, только таких, как я, хотя тоже пока не очень. Иногда кто-то из нас исчезает, иногда вместе с мамой, иногда нет, и тогда слышен только горестный вой всё понявшей женщины. Нас здесь всех убьют. Рано или поздно, но спасения нет.

Иногда мне вспоминается моя прежняя жизнь, до которой, как я теперь знаю, полвека. Какой же дурой я была! Что мне стоило послушать герра Шлоссера? Что мне стоило держаться вместе со всеми? Но теперь ничего не изменить. Теперь я — всего лишь номер, и только моя лагерная мама зовёт меня по имени. Так странно... Незнакомая прежде женщина назвала меня дочерью, заботится обо мне, дарит ласку в этом страшном месте... Она мне ближе и родней настоящей мамы, похожей на этих... ауфзеерок.

Я каждый день узнаю что-то новое... Голод, унижения, издевательства, боль. Стараясь закрыть собой младших от ауфзеерок, я принимаю на себя удары, предназначающиеся им. Могла ли я так раньше поступать? Не знаю, но вот теперь я просто делаю так, потому что так правильно. Может быть, малыши проживут хоть чуточку дольше...

Есть нам здесь почти нечего... Баланда из картофельных очисток совершенно не утоляет постоянного голода. Мы все плачем от этого, а я... я просто не могу смотреть в глаза младших, поэтому делюсь с ними хлебом. Плачут они, кажется, постоянно. Только по воскресеньям этот плач перебивается громкой страшной музыкой, включаемой тварями в чёрной униформе. Так мы узнаём о том, что сегодня воскресенье — из лагерных громкоговорителей звучит жуткая музыка, от которой хочется просто выть.

Моё везение заканчивается неожиданно. Ауфзеерка вдруг начинает бить меня, а потом куда-то гонит, помогая хлыстом. Я просто визжу уже от боли, но, оказавшись в каком-то белом помещении, понимаю — сейчас будут «опыты». Меня будут мучить так, как ещё не мучили до этого.

— Ausziehen![3] — звучит команда.

Я уже знаю, что она значит, поэтому стягиваю пропитанное кое-где кровью платье. Грубо схватив за руку, меня сажают в то самое кресло и, прошипев что-то о колдовской твари, привязывают. Кажется, страшнее быть уже и не может, но тут я вижу нечто, от чего чуть не теряю сознание: под какое-то странное жужжание острый даже на вид нож медленно приближается к моему... ну... Я бьюсь в путах, стараясь вырваться, но тут что-то происходит, и всё гаснет.

Очнувшись, я обнаруживаю себя совсем в другом бараке. Кроме меня здесь почти без движения лежат ещё два мальчика лет семи и постоянно плачущая пятилетняя на вид девочка. Не понимая, что происходит, я тем не менее веду себя очень тихо, чтобы не привлекать внимания. Но ауфзеерки о нас всё равно не забывают.

Спустя неделю нас просто как дрова закидывают в большой грузовик. Я понимаю — это и есть газенваген.

Сейчас я буду умирать. Мысленно прощаюсь с папой, Швейцарией и даже с мамой, хоть она и бывала похожей на ауфзеерку. Но самое главное — я прощаюсь со своей лагерной мамой, показавшей мне, какой может быть настоящая... мама.

Но грузовик едет, а мы не умираем, тогда один мальчик, непонятно откуда взявшийся в женском лагере, тихо говорит что-то о переводе в другой лагерь. Но в другой лагерь чаще всего переводят для уничтожения, значит, это просто отсрочка и ничего больше. Так мы едем час, другой, третий, а затем грузовик останавливается, и нас всех выгоняют из машины. Затихшая пятилетняя девочка молчит, и тут я вижу, что всё рассказанное мне — правда. Страшный палач в чёрном просто кидает её тело на кучу голых тел, сообщив: «Крематориум!»[4], а нас гонят дальше.

Заставив опять раздеться, меня засовывают под ледяной душ, а потом приказывают стоять в очереди. И лишь увидев чёрные цифры на своей руке, я понимаю, где оказалась. Об этом месте я знаю только то, что здесь всех убивают. Значит, и меня. Скоро.

Но смерть приходит не сразу. Сначала я оказываюсь в ещё более жутком месте. В большом бараке много детей разного возраста. Здесь живёт страх, я чувствую его! Этот страх грызёт нас в жутком бараке, полном детских слёз. Каждый день то одного, то другого ребёнка забирают куда-то. Иногда их возвращают, иногда нет. Иногда дети умирают в страшных муках на руках заботящихся о них старших. На моих руках. Чувствовать, как жизнь уходит из маленького тела, и не мочь ничего сделать — вот где ужас! Мне сменили номер, но теперь нет лагерной мамы, чтобы звать меня по имени. В этом жутком месте я сама становлюсь той, кого зовут *мамой* умирающие дети.

Проходит бесконечно много времени, и за мной приходят. Я теперь — всего лишь номер, не человек, я — ниже животных и хорошо знаю это. Если я не узнаю свой номер или запинаюсь, произнося его, то следует сильная, очень сильная боль, от которой я потом дрожу ещё несколько дней.

Меня приводят в помещение, в котором стоят кресло, диван и кушетка. Меня внимательно осматривают, а потом ставят перед кем-то, кто кажется мне смутно внешне знакомым. Я чувствую, что уже видела этого человека, одетого в чёрную форму. Я смотрю на это существо... Мысленно я не называю его человеком, потому что человек не будет смотреть таким взглядом на ребёнка... Хотя здесь все мы «существа»... И с номерами, и без. Люди с их нормальной жизнью остались где-то далеко, я даже не уверена, что они вообще существуют. Я не уверена, что когда-то была одной из них... Прошлая жизнь пропала в тумане...

— Hier, Herr Standartenführer, der Slawe. Gutes Material![5] — произносит один из чёрных.

— Versuchen Sie, sie zu stimulieren, mal sehen, was sie tun kann[6], — отвечает сидящий, ткнув стеком мне в живот.

— А-а-а! — внезапно что-то шипит, и я чувствую

сильную боль, отчего кричу. Всё резко смазывается и гаснет.

— Nein, Friedrich, sie ist nutzlos. Dieses Tier muss entsorgt werden. Sie können sie nach Belieben verwenden[7], — качает головой смутно знакомый *чёрный*. Что-то опять бьёт меня, сознание гаснет и...

Очередной барак... Я и ещё один мальчик заботимся о младших, помогаем поесть, рассказываем сказки и почти совсем не плачем, когда дети уходят туда, где нет лагеря, нет боли, нет *чёрных*. Просто нет сил уже плакать. На малышах ставят опыты каждый день, каждый день они кричат, кричат, кричат... Мальчик, уже не помнящий своего имени, здесь уже два года, он пытается помочь мне, поддержать, зачастую прикрывает своим телом от ударов надзирательниц, но это помогает мало — дни идут за днями, крики малышей отдаются в моей голове. Меня тоже водят в «смертный блок»[8] — что-то колют, что-то режут, сажают на корточки, вставляя в рот... Я уже и не понимаю, что со мной делают, просто живу в своей боли, заполняющей все моё существование.

Когда меня вывели за ворота лагеря и, показав автомат, приказали бежать, я поняла, что сегодня умру. Ну, хотя бы это будет не в газовой камере... Меня назначили «дичью». Это означает, что *чёрные* будут охотиться на меня, чтобы убить. Шансов убежать у меня нет, лес всё равно оцеплен, так что я могу побороться лишь за ещё одно мгновение жизни...

И я бегу, бегу вперёд, хотя, конечно, знаю, что

измождённая, голодная девчонка вряд ли сможет убежать от *них*. Понимая это, я всё равно бегу, не замечая корягу, на которой моя нога подворачивается, и я лечу вниз, чтобы упасть на землю, вышибившую из меня дух.

Вот и всё! Уткнувшись лицом в пожухлую траву, я отчётливо осознаю: здесь и сейчас закончится моя жизнь. Пусть это будет быстро... *Пожалуйста...*

УВЕ ВЕБЕР

Я еду в школу, припоминая что-то о чрезвычайном происшествии, о котором говорил герр Рихтер. Отчего я вдруг вспомнил это, даже и не знаю. Просто усевшись в вагон «Интерсити», вспомнил. Лауру я даже и не ищу — опять начнёт ныть или нудеть о том, что я её не люблю и мало времени уделяю... Как мне это всё надоело — слов нет!

Так вот, о происшествии. Когда нас возили на экскурсию, герр Шлоссер категорически запретил прикасаться руками к чему бы то ни было, чтобы не вызвать «неприятностей», как он выразился. Так как я — адекватный, психически нормальный немец, то в точности следовал указанию, а вот какая-то из новеньких решила, что она — самая умная. Да, пропала девочка из первого класса. Возили их в другой лагерь, но она исчезла без следа, только рюкзак её и телефон остались. Сначала думали, что заблудилась, даже полиция искала, но никого не нашли. Получается, бесследно пропала. Интересно, как?

Впрочем, мои мысли сразу же перескакивают на Лауру. Что мне с ней делать? Родители считают, что она бесится и перебесится рано или поздно, но мне, честно говоря, надоело. Её капризы, её претензии, её нытьё... В общем, надоело мне. Общаться больше нет никакого желания, да и влюблённость исчезла, как будто Лаура эту самую влюблённость просто убила. Никакого желания...

«Интерсити» проезжает Цюрих, теперь ещё часа три — и я на месте. В этом году мы будем изучать преобразования второго класса, именно те, что взаимодействуют с электричеством. Тут ведь что получается? Электричество при колдовстве работает как катализатор, поэтому плеер становится гранатой. Но нас в этом году научат, и как изолировать прибор, и как использовать электричество, что само по себе интересно. Во-первых, плеер хочу, а во-вторых, интересно же, что можно сделать при помощи электричества. Ну и миксты ещё, тоже пообещали что-то необыкновенное.

Осенние каникулы прошли, теперь до зимы только выходные, и всё. Родителей я скоро не увижу, что огорчает, конечно, но ничего не поделаешь, интернат есть интернат. Так что нужно просто смириться. Учиться мне ещё пять лет, школа наша имеет статус гимназии. Значит, как и везде в Швейцарии, лет до восемнадцати-девятнадцати — учёба, потом — матуриат, и вперёд... Куда вперёд, я, впрочем, ещё не знаю, времени впереди достаточно для того, чтобы пока не задумываться. У меня проблемы совсем другие — сердечные...

— Уве, привет! — слышу я голос Курта, это товарищ мой, можно сказать, почти друг.

— Привет, — киваю я ему, сделав приглашающий жест. — Садись! Чем порадуешь?

— О, что я тебе расскажу! — предвкушающе улыбается приятель. Немцы, да и швейцарцы слухи очень любят, и парни в этом от девчонок не отличаются совсем. — Твою Лауру срисовали в Цюрихе на фестивале.

В Цюрихе во время наших каникул «фестиваль» был только один, и упоминать его в приличном обществе не принято. Раз там видели девушку, значит... Да понятно, что это значит — новых впечатлений захотелось, несмотря на то что в школе такие вещи не приветствуются. А может, просто решила назло, откуда я знаю... Но отвечаю, конечно, совсем иное, подробности-то интересны.

— Ну, может поглазеть пошла, мало ли? — пожимаю я плечами.

— Девчонки говорят, она там с кем-то тыры-пыры, да так, что полиция подхватила, — чуть ли не шёпотом сообщает мне Курт, заставив вздохнуть.

Если «тыры-пыры» с привлечением полиции, тогда действительно может быть всё серьезно. Или не может — тут не угадаешь, потому что слухи — штука сложная. Впрочем, что бы там ни было, мне уже всё понятно: если пошли слухи, то жить Лауре будет не слишком весело, да и мне несколько противно. Я не очень хорошо отношусь к этим всем штучкам, хотя в Швейцарии можно и с четырнадцати, если родители согласны. Вот если не согласны, тогда да, тогда полиция и вынос мозга на долгие, долгие месяцы. Но почему мне её даже не жалко?

Я не отвечаю Курту, задумавшись о чём-то, чего не могу даже сформулировать. Поезд, похоже, скоро прибудет, уже и знакомые места показались, ну а тот факт, что с Лаурой мне не быть, вызывает даже некоторое облегчение, хотя отыграться она постарается, конечно. Так сказать, выберет себе жертву посмешнее. Впрочем, не всё так плохо.

Тут поезд останавливается, нас приглашают на выход. Маршрут-то известен, поэтому я просто ни о чём не думаю — сажусь в автобус, который сразу же трогается в направлении гор, как будто только меня и ждали. Впереди — два серпантина, а за ними — Лес Сказок и наша школа. Меня ждут почти три месяца уроков, новых знаний, нытья Лауры...

Автобус подъезжает к школе так быстро, что я даже не успеваю вынырнуть из своих мыслей, но девушку вижу, только войдя в столовую — злой и какой-то обещающий взгляд у неё. В первое мгновение даже возникает желание убежать, чего я, разумеется, не делаю. Перед сном пройдусь, чтобы нервы успокоить, думаю, мне это понадобится, судя по поведению Лауры.

Что на неё такое нашло? Не понимаю, но за ужином она подсаживается ко мне, начиная вести себя, «как обычно». В моей душе зарождается надежда на то, что всё пройдёт нормально. Глупая, конечно, надежда, но тут ничего не поделаешь, такой уж я есть — всегда надеюсь на лучшее.

Конечно, Лаура дождалась, пока я доем, и начала своё «сольное выступление».

— Ты меня не любишь! Игнорируешь меня! — негромко жалуется она, а в глазах злость. — Ещё, наверное, кралю себе завёл какую... — Лаура картинно всхлипывает.

— Да уж, скорее, ты себе нашла, — бросаю я в ответ вздрогнувшей девушке. — Тебя на фестивале видели. И полицию тоже, а я не тупой.

— Да я! — кричит она на весь зал, сжав в руках вилку. — Да пошёл ты! Импотент! Микрописькин! — она тычет в меня вилкой, от чего я легко уворачиваюсь.

Её оскорбления вызывают у меня только улыбку, потому что заметно — ругаться Лаура не умеет, а то, что считает обидным, вообще смешно. Но она, на мой взгляд, сейчас от злости что-то нехорошее сделать может, поэтому я встаю и, молча повернувшись, направляюсь в сторону выхода. Мне действительно нужно подумать и немного развеяться.

Я иду по дорожке, не думая о Лауре, мои мысли занимает осенний вечер. Несмотря на то что уже довольно холодно, мне как-то даже жарко, как будто

Лауре удалось меня обидеть. Но этого же не может быть?

И вот, когда я уже думаю повернуть назад, то вижу её... На пожухлой траве ничком лежит то ли девочка, то ли девушка в каком-то сером смутно знакомом платье. Она не шевелится и, кажется, даже не дышит, поэтому я наклоняюсь к ней, чтобы потрогать пульс. От моего прикосновения она сжимается так, что мне становится страшно.

— Эй! — обращаюсь я к ней. — Ты в порядке?

Более идиотский вопрос придумать сложно, конечно...

Третья глава

АЛИН ПАРИ

Я слышу, буквально чувствую мягкий шаг *этого*. Он останавливается... Вот сейчас... Сейчас... Я почти не дышу, хотя сердце бьётся где-то в горле... Но ничего не происходит. Я чувствую прикосновение руки к своей шее, а потом мальчишеский голос что-то спрашивает меня. Я сжимаюсь, несмотря на то, что в его голосе нет злобы, но *эти* — нелюди, я не хочу понимать язык *этих*, не хочу!

— Ты в порядке? — повторяет *этот* свой вопрос.

Издевается ещё... Нелюдь, палач проклятый! Ну, что ты стоишь?! Давай уже! Давай! Я вся сжимаюсь в ожидании боли, не отвечая *этому*. Идут последние мгновения моей жизни... Я знаю. Но что он делает?! Он берёт меня на руки? Почему? Зачем?

Меня накрывает паника. Я не хочу в крематорий!

Только не так! Ну сжалься, убей меня сейчас! Тщетна моя мольба, *этот* куда-то тащит меня, держа на руках. Остаётся только покориться судьбе… Возможно, это какая-то *их* игра, возможно, что-то другое, или же *этот* просто юн и принял меня за человека. *Эти* быстро объяснят ему разницу, да и мне тоже…

— Почему ты молчишь? — спрашивает *этот*, и странно — я не слышу издёвки в его голосе. — У тебя что-то болит?

Я открываю рот, чтобы ответить что-нибудь злое, после чего он меня убьёт сразу и не будет мучить, но понимаю, что судьба точно не на моей стороне — из моего рта не доносится ни звука. Я не могу говорить! Что случилось? Почему? Ведь теперь мне точно светит только крематорий и очень много боли. Мама… Мамочка…

В эти последние мгновения своей жизни я вспоминаю спасшую меня лагерную маму, совершенно не помня уже ту, что родила меня. Она-то мамой точно не была, скорей, ауфзееркой. Но сейчас я вспоминаю восемнадцатый барак и мамочку, что согрела меня, показав, что бывает иначе. В самом страшном месте на земле она показала мне любовь… И вот теперь, когда меня несут в крематорий, я думаю о ней.

Как-то слишком бережно *этот* несёт меня, будто боится, что я сломаюсь. Так забавно, через несколько минут я, наверное, стану пеплом, а меня сейчас несут, как кого-то важного. Жаль, что жизнь заканчивается именно так, но тут уже ничего не поделаешь. Дурой я жила, дурой и умру... А пока расслабляюсь, в последние свои минуты желая почувствовать тепло человека, ещё не знающего, что я — всего лишь животное из «смертного» барака.

Этот вносит меня в помещение, краем приоткрытого глаза я вижу каменные стены, но затем снова крепко зажмуриваюсь. Это совсем по-детски, но я просто не хочу смотреть в глаза своей смерти. Я не хочу видеть палачей, хочу хоть на мгновение почувствовать себя живой, свободной...

— Герр Нойманн! Герр Нойманн! — зовёт кого-то *этот*, а я чувствую подступающие слёзы. Пожить бы ещё хоть час... Хоть на несколько мгновений дольше...

— Герр Вебер? — в голосе взрослого *этого* удивление, а я сжимаюсь ещё сильнее, готовясь к падению и удару. — Что происходит? Кто эта девочка?

— Я не знаю, герр Нойманн, — растерянно отвечает держащий меня на руках. — Я нашёл её в лесу, подумал даже, что она умерла, но она дышит и дрожит...

— Дрожит... Пойдёмте со мной, — предлагает взрослый, но не приказывает бросить животное. Что происходит? Меня что, приняли за *человека*?

Меня продолжают куда-то нести, при этом негромко переговариваясь на языке палачей. Тот, кто нашёл меня, рассказывает старшему о том, что произошло, объясняя ему, что платье у меня какое-то странное, и что я слишком лёгкая и худая. Интересно, а какой я должна быть после «смертного» барака?

Неужели он не понимает? Или я вдруг смогла убежать очень далеко? Но они всё равно увидят номер, и вот тогда...

— Положите её на кровать, герр Вебер, — мягко произносит взрослый *этот*.

Я чувствую, как моя израненная спина касается чего-то мягкого, но ничего при этом не происходит. Оба *этих* будто исчезают, а я просто очень боюсь того, что, без сомнения, сейчас случится, ведь они положили меня на спину, а значит, виден винкель и номер. Сейчас они поймут, что перед ними — животное, и будет очень больно. Нужно подготовиться к этой боли, нужно!

— Что это, герр Нойманн? — слышу я тихий голос юного *этого*. — Как это?

— У тебя же была экскурсия в Аушвиц? — интересуется в ответ названный герром Нойманном. — Ты всё правильно понял, задери ей рукав.

Мягкая рука подростка касается моего платья, а потом и кожи, и я чувствую дрожь его руки. *Этот* дрожит, задирая мой рукав... Но почему? Может быть, от омерзения? Всё-таки, он нёс меня на руках, вполне же мог испачкаться, как он думает. Но вот его рука замирает, и я слышу всхлип.

— Аушвиц... — шепчет младший *этот*. — Но... Но как? Она же такая юная! Как так?!

Он кричит, будто от боли, а я уже ничего не понимаю, страшась тем не менее открыть глаза. Но вот крик обрывается, как будто ему затыкают рот. Слышны булькающие звуки, а затем становится тихо.

Я совершенно ничего не понимаю. Что произошло? Чему так удивился *этот*?

— Вот, посмотри, — слышу я голос герра Нойманна через какое-то время. — Номер, винкель, татуировка... Видишь?

— Она из Аушвица, — отвечает ему какой-то смутно знакомый голос. — И, судя по тому, что я вижу, вполне может быть нашей пропажей. Нужно известить родителей.

— Да, пожалуй, но ты понимаешь... — герр Нойманн прерывается.

— Да, — звучит голос, который я никак не могу вспомнить. — Мы для неё — враги. Попробуй дать ей хлеба, но не раздевай.

Эти начинают переговариваться, а я пытаюсь понять, что происходит, и не могу. Мне кажется, я с ума сошла, потому что палачи, спокойно обсуждающие животное и не желающие сделать со мной что-то страшное, просто не укладываются в моей голове. Ещё я по-прежнему не могу произнести ни слова, чего *эти* пока не поняли. Это хорошо, потому что иначе кто знает, что будет, а пока меня, кажется, даже бить не хотят, что очень странно, но немного успокаивает.

И вот, когда я изнываю от непонимания, один из *этих* берёт меня за руку, вкладывая в ладонь что-то мягкое. Я, всё так же не открывая глаз, подношу свою руку к лицу, ощущая какой-то незнакомый, но очень вкусный запах. Это заставляет меня приоткрыть глаза — в руке я вижу что-то белое, на хлеб не похожее, но будящее странные ассоциации. Мне так хочется съесть *это*, что я себя почти не контролирую. Лишь на мгновение у меня мелькает мысль, что это яд, но голодный мозг отбрасывает эту вероятность — и я кусаю так вкусно пахнущую массу.

По вкусу это чем-то похоже на хлеб, только мягкое очень и какое-то необычно вкусное, но, кажется, не отравленное. Но даже если отравленное, пусть лучше я умру от этой вкусной еды, чем в газовой камере, я так уже устала ждать смерти...

УВЕ ВЕБЕР

Подняв странно лёгкую девочку на руки, я и не подозреваю, что меня ждёт. Она очень худа, чего-то сильно боится и не открывает глаза, сжавшись так, что я совершенно ничего не понимаю, поэтому в первую очередь иду, конечно, к целителю. Иду к герру Нойманну, твёрдо веря в то, что он сможет помочь этой странной девочке. То, что она нуждается в помощи, у меня сомнений не вызывает.

— Герр Нойманн! — зову я его несколько раз, пока, наконец, целитель не обращает на меня внимание.

Краем глаза я вижу Лауру, но сейчас её взгляды мне совершенно неважны, у меня на руках явно нуждающаяся в помощи девочка в каком-то грубом, похожем по фактуре на мешок, платье. Почему-то герр Нойманн сразу же становится очень серьёзным, но к девочке не прикасается, предоставив мне возможность нести её. Это не очень обычно, потому что целитель любит всегда всё делать сам, но, возможно, он что-то понимает.

— Положите её на кровать, — говорит он мне, как только мы входим в школьную больницу.

Я поражаюсь тому, какой усталый голос у нашего целителя, как будто он носил железо или делал ещё что-то тяжёлое. На лице герра Нойманна очень серьёзное выражение, он будто ожидает увидеть нечто страшное или очень грустное. По крайней мере, так я интерпретирую то, что вижу.

И вот, когда я кладу её на спину, вдруг вижу то, чего не может быть! Будто оживает перед глазами экскурсия в Освенцим — передо мной лежит совсем ребёнок, на платье которого — красный треугольник политического заключённого и цифры. Цифры номера, которого просто не может быть спустя больше, чем полвека, после той войны. Я смотрю на эти цифры, понимая, чего боится девочка — ведь мы говорим по-немецки. Я говорю на языке её палачей...

Герр Нойманн помнит, куда нас возили, подтверждая мою догадку, при этом советует поднять девочке рукав. Мне не нужно говорить, на какой руке смотреть, я помню. Господи, я не хочу этого видеть! Но мои дрожащие пальцы медленно задирают рукав на левой руке девочки. Медленно, очень медленно открываются цифры, и я снова замираю. Этого не может быть! Не должно быть! Нет! Почему, за что?

Целитель буквально силой вливает в меня какую-то микстуру, отчего свет просто выключается. Всё исчезает, чтобы через некоторое время появиться вновь. Я медленно прихожу в себя, обнаружив, что лежу. От истерики не остаётся и следа, но тем не менее я просто не понимаю, как такое стало возможным. Как так вышло, что возле школы колдовства Грасвангталь вдруг оказалась совсем юная девочка со страшным номером на руке, ждущая лишь издевательств и смерти.

Теперь я понимаю, почему на её голове — лишь короткий ежик волос, это вовсе не мода, не бунт, это наци. Это лагерь, в котором выжила эта девочка. Могу ли я представить, через что она прошла? Могу ли понять, что вообще происходит?

Я открываю глаза, увидев учителей, при этом герр Нойманн делает жест, будто приказывая мне не вставать, чему я подчиняюсь, хотя хочу совсем другого. Я желаю вскочить, обнять эту девочку, закрыть от всего мира, защитить... Я совершенно не понимаю своих желаний, но очень хочу дать ей хоть капельку уверенности в том, что здесь никто не будет её мучить и убивать.

— С родителями у неё непросто, — замечает герр Шлоссер. — Мать как-то странно отнеслась к исчезновению ребёнка, даже полиция заинтересовалась.

— Это не может быть мистификацией? — интересуется наш ректор, герр Рихтер.

— Нет, Герхард, — качает головой его заместитель. — Платье, винкель, татуировка и страх — всё настоящее. Она из Аушвица, мой друг. Каким-то чудом выжившая наша потеряшка.

— Интересно, как она туда попала? — спрашивает герр Нойманн. — Ведь пропала в районе Равенсбрюка?

— Так бывало тогда, — медленно произносит герр Шлоссер. — Переводили в Аушвиц для... уничтожения, — тихо добавляет он. — Что делать будем?

— На каком языке говорят в её семье? — интересуется ректор.

— На французском, — отвечает ему заместитель. — Так что, если не по-немецки, то, возможно...

Французский я тоже знаю, как и итальянский. Это происходит в первый год — мы изучаем при помощи специальных микстов все государственные языки Швейцарии, чтобы не было проблем понимания. Значит, с девочкой надо говорить по-французски, я запомню.

Стоп, они сказали о потеряшке, тогда, получается, она — та самая, что исчезла? Вот, значит, куда она исчезла... Нужно её отогреть, я точно знаю это! Нужно показать, что я не враг, что здесь нет врагов, но вот поверит ли она нам? Смогу ли я убедить измученного ребёнка в том, что крематория просто-напросто нет? Получается, ей двенадцать...

— Раз это потеряшка, то ей двенадцать, — замечает герр Рихтер. — И просто отпустить её домой мы не можем по Договору.

— Да, Договор таких сюрпризов не предусматривает, — вздыхает герр Шлоссер.

— Простите, — подаю я голос. — А как она будет на уроках? У неё же кошмары будут, наверное...

О кошмарах мне отец рассказывал, когда успокаивал ночами. Мне после сильных потрясений снились. Ну, какие у меня могли быть потрясения — то пятёрку получу, то несправедливость какую-нибудь увижу. А вот у девочки кошмары должны быть действительно страшные... Её же одну нельзя оставлять!

— Кошмары будут, — кивает герр Нойманн. — Помню, писали об этом после той войны. У тебя есть предложение?

— Ну, раз так получилось... — я ищу слова, чтобы правильно сформулировать, а герр Шлоссер только кивает. — Если она мне доверится, конечно...

— Интересное предложение, — улыбается герр Рихтер. — Мы подумаем.

И вот в этот самый момент девочка вдруг тонко, но очень тихо начинает визжать. Она явно спит, но этот визг полон такого отчаяния, что я не выдерживаю — бросаюсь к ней, чтобы успокоить. Я даже не понимаю, что именно делаю, сразу же обняв плачущего во сне ребёнка.

Тихо-тихо на ушко ей начинаю напевать французскую песенку, единственную, которую знаю. Она совсем детская, но, наверное, это решение правильное — девочка, имени которой я не знаю, затихает. Я сажусь рядом с ней на кровать и начинаю гладить по голове, как гладит меня мама на ночь, несмотря на то что я уже взрослый. Я просто глажу её, продолжая напевать песенку вновь и вновь, а она спит.

— Герр Вебер, почему вы так поступили? — интересуется наш ректор.

— Я просто не могу иначе, — признаюсь ему. — Это невозможно объяснить...

Я действительно не могу объяснить происходящее, но хочу сейчас только одного — чтобы эта девочка спала спокойно. Пусть лучше ей вообще никакие сны не снятся...

Четвёртая глава

АЛИН ПАРИ

Аппель... На улице ещё ночь, мерно раскачивается под порывами ветра лампа, идёт перекличка. Голова кружится от голода, но надо стоять, надо, иначе могут до смерти забить. Малыши стараются не плакать, им очень страшно и холодно. Даже погладить их нельзя — сразу будут бить. *Эти* только и ждут, вон как ухмыляются. Лают собаки... Перекличка...

Когда нас, наконец, отпускают, я почти не чувствую ног, но в барак вернуться мне не дают. Лишь стоит повернуться, как кто-то хватает за шею и бросает наземь. Я даже не успеваю вскочить, когда о спину разбивается первый удар. Чем я прогневила *этого*? За что? В голове мутится, я кричу от нестерпимой боли, и тут вдруг в собачий лай вплетается мягкий голос, поющий французскую песенку.

Этот голос постепенно заполняет всё вокруг, боль отступает, будто я наконец-то умираю, медленно затихает собачий лай, исчезает во тьме аппельплац, остается только этот голос и темнота. Блаженная ласковая темнота, в которой нет боли, зато звучит совсем детская песенка. Она — единственное, что я слышу, отчего хочется расслабиться, забыться, и чтобы больше не было лагеря. Отмучиться бы один раз — и всё, устала я.

Ощутив себя не под дубинкой ауфзеера на аппельплаце, а в кровати, я медленно открываю глаза под звучащую песенку. Рядом со мной, будто закрывая меня ото всех, сидит... юноша. Он упитанный, значит, не из заключённых, но смотрит на меня без злости и поёт по-французски. Некоторые из *этих* тоже знают французский, я помню. Что происходит?

Попытавшись заговорить, я только вхолостую открываю рот. Ни звука не выходит из моего горла, что меня, конечно же, пугает. Может, надо мной поставили опыты, отрезали то, чем говорят? Вполне возможно... Так что теперь я могу только пищать, наверное, но совершенно не могу говорить. Что со мной теперь будет?

— Герр Нойманн, — заговаривает юноша на языке господ, и я понимаю, что он из *этих*. Наверное, просто играет с забавной зверушкой. — Она открывает рот, но не говорит.

— Так бывает, — спокойно сообщает подошедший

этот в белом халате. — Сначала покормим, потом получит микст, возможно, постепенно заговорит. Пока постарайтесь не пугать Алин.

Я не всё понимаю в его речи, но говорит-то он не со мной, палачи разговаривают промеж собой, что им какая-то зверушка? Юноша кивает в ответ на слова *этого*, снова поворачиваясь ко мне и даже погладив. Какая у него рука мягкая, даже жаль, что всё это игра. Но зато у меня появилась возможность прожить чуть подольше, пока им не надоест играть, ну а потом — как у всех: ревущий огонь крематория в конце. Хорошо, что нет малышей, потому что, если бы мучили ещё и их, было бы мне намного тяжелее, а сейчас можно просто расслабиться.

Я знаю, что это всё игра, и ни в коем случае не поверю в неё, но пока я тут одна, можно просто расслабиться. Не думать ни о чём плохом, лучше вообще ни о чём не думать, раз не бьют и позволяют просто так без дела лежать. Страшно, конечно, но я понимаю, что бояться просто устала. Прежняя жизнь будто развеялась дымом, как и не было её, остался только лагерь. Сначала Равенсбрюк, а потом и... Интересно, я сейчас в каком лагере? Или, может быть, просто в зоопарке? Ходили слухи, что кого-то забирали в зоопарк, чтобы настоящие люди могли полюбоваться на недочеловеков. Может, и меня так же? Тогда есть шанс пожить подольше. Но, наверное, это всё сказки...

— Сейчас принесут еду, герр Вебер, — произносит

всё тот же герр Нойманн. — Вы сможете её покормить.

— А сама она не сможет? — интересуется *этот*, который теперь, видимо, мой хозяин.

Я слышала о таком, хотя, может, это и сказки, придуманные самими заключёнными, чтобы не так страшно было, потому что даже быть отданной кому-то — это лучше газовой камеры и крематория. Что угодно лучше, даже если всё равно конец будет тот же. У всех нас конец будет один и тот же — мы станем свободными в чёрной трубе крематория номер три.

Что же, получается, я теперь его собственность. Почему-то эта мысль не вызывает никакого сопротивления внутри. Даже неинтересно, что *этот* будет со мной делать. Какая разница? Вокруг палачи, а я для них — ничто, как были никем малыши, умиравшие на моих руках. Спасения нет, я это очень хорошо знаю, видела уже, как казнили пытавшихся убежать. Слышала дикие крики. И каждое утро аппель вновь наполняется теми, кого палачи считают животными.

Кажется, я здесь целую вечность. Вся жизнь «до лагеря» кажется мне сном, даже родившая меня мать не так страшна уже, как ауфзеерки концлагеря Равенсбрюк, хотя и отличалась от них немногим. Память почти не сохранила того, что было тогда. Эсэсовец, стоящий рядом с палачом в белом халате, кажется мне очень знакомым, но вспомнить, где я его видела, не могу. Наверное, он был одним из *тех*, кто бил меня током... Нет, не помню. Но он меня знает, меня, номера два-девять-три-три-пять... опять последнюю цифру забыла.

Я не слушаю того, о чём говорят *эти*, ведь меня их разговор не касается, поэтому, наверное, вкусный запах становится сюрпризом. Кровать меняет наклон, поднимая меня почти в сидячее положение, передо мной обнаруживается столик, на котором стоит тарелка с баландой. Только баланда выглядит иначе, чем обычно, и она горячая. Что это означает, я знаю: раз пища горячая — значит, в ней яд. Неужели это всё, на что я годна, — умирать в муках?

Зря я надеялась на то, что новый хозяин захочет со мной поиграть. Теперь меня заставят съесть эту баланду, а потом я буду умирать в страшных мучениях, как умирали уже малыши на моих глазах и в моих руках. Я буду умирать долго, очень долго, некоторые и по два дня мучились, я помню... Сейчас мне отчего-то так сильно хочется жить, до стона, до крика, но выбора у меня нет, и я очень хорошо понимаю это.

Хозяин зачерпывает баланду ложкой, видимо, не хочет ждать, пока я начну есть сама, а я смотрю на свою смерть, широко открыв глаза. Я отворачиваюсь, сжимаю губы в ожидании неминуемого удара, стараюсь избежать смерти, хоть и понимаю, что всё бесполезно. Я знаю, что съесть отравленную баланду меня заставят всё равно, но так хочу ещё хотя бы мгновение прожить без боли. Спасите... Но некому меня спасти.

Но боли всё нет. Сквозь зажмуренные веки я не

вижу замаха... Не слышу пронизывающего свиста, не чувствую боли, как будто *эти* раздумывают, как бы... Что? Я не понимаю, что они делают, только ложка с одуряюще пахнущей баландой несколько раз тычется в крепко сжатые губы, да слёзы бегут по щекам. Я не хочу умирать... так.

УВЕ ВЕБЕР

Девочка по имени Алин, как утверждает герр Шлоссер, молчит. Смотрит на меня глазами, в которых застыл страх и покорность судьбе, но не произносит ни звука. Я понимаю — отчего-то она не может этого сделать. Понимает это и герр Нойманн, объяснив мне, что сначала надо её покормить. Выглядит она, конечно... Иссушенной какой-то, просто кожа и кости, как скелет.

Хайнцель доставляет бульон — просто прозрачная жидкость плещется в тарелке, а герр Нойманн показывает мне, как перевести кровать в сидячее положение. Я уже и сам понимаю, что сама она поесть не сможет, поэтому готов, конечно, помочь ей, но Алин ведёт себя как-то совсем странно — она отворачивается, пытаясь избегнуть ложки, и молча плачет. Что это значит, я не понимаю, поэтому, попробовав пару раз, откладываю ложку в сторону.

— Герр Нойманн, что это? — громко удивляюсь я. — Почему она отказывается?

Я действительно не понимаю. Может быть, ей

неприятен тот факт, что я взялся за ложку, и она хочет попробовать сама? Я кладу её дрожащую руку на ложку, а девочка резко раскрывает свои синие глаза, полные слёз. Выражение этих глаз можно описать, пожалуй, как ужас. Тут герр Шлоссер что-то вспоминает, он приближается к кровати.

— Это не яд! — рявкает учитель, отчего подскакиваю я. — Это обед!

После чего разворачивается и делает вид, что уходит. Дрожащая рука осторожно берётся за ложку, а я вдруг понимаю. Нам же рассказывали о том, что делали с детьми проклятые наци! Неужели Алин подумала, что её хотят отравить? Кажется, она думает так до сих пор, вон как рука дрожит. Что делать? Как её убедить? И тут я вдруг понимаю, как.

— Герр Нойманн, а можно мне тарелку и немного отлить у Алин? — интересуюсь я, на что целитель улыбается.

— Можно, герр Вебер, — откликается он, подозвав хайнцеля.

Алин ошарашенно наблюдает за тем, как бульон из её тарелки переливают в мою, как я беру ложку, начиная есть не очень-то вкусный обед, который в обычной жизни ни за что бы не согласился есть. Но только ради того, чтобы показать, что еда не отравлена, я быстро съедаю, практически всосав эту жидкость, под ошарашенным взглядом девочки. Она смотрит так, как будто у меня рога выросли или хвост.

Алин начинает есть, как только я отдаю тарелку.

На её лице — недоверие и одновременно покорность, как будто она уже смирилась со всем. Медленно, очень медленно, расплёскивая бульон, она тем не менее ест. Рука её обнимает тарелку, намертво фиксируя посуду, в еду капают слёзы. Очень хочется обнять девочку, но я просто опасаюсь напугать её резким движением. Даже не знаю, что мне делать.

Наконец, она заканчивает с едой, я мягко помогаю ей откинуться на подушках. Переодевать её просто побоялись, поэтому во вполне современной кровати лежит девочка в лагерном, как я теперь знаю, платье, и смотреть на неё просто страшно. Мне страшно видеть эти покорные синие глаза, полные плохо спрятанного страха, эти руки, более похожие на обтянутые кожей кости...

Алин прикрывает глаза, наверное, утомилась, или же... Не хочу думать о том, что она ждёт смерти. Не хочу! Господи, ну пусть она поверит мне. Не удержавшись, осторожно обнимаю её, чувствуя дрожь худых плечиков под моими руками. Она боится, очень боится, и это вполне понятно, ведь мы все для этой девочки... палачи... Именно немцы мучили её, может быть, даже били. Именно немцы и есть её самый большой ужас, ведь наши предки уничтожили её жизнь.

— Давай попробуем дать микст, — предлагает герр Нойманн. — Или сначала переоденем?

— Имеет смысл переодеть, — подаёт голос герр Шлоссер. — Может быть, тогда хоть на минуту забудет о лагере.

Я хочу встать, чтобы выйти и не смущать Алин, но меня останавливают. Герр Нойманн качает головой, тяжело вздыхая. Я не понимаю, что это значит, а он ещё раз вздыхает, решив объяснить:

— Сейчас я позову фрау Вернер, — сообщает он мне. — Но вы, герр Вебер, останетесь тут. Смутить её вы не сможете, им смущение в первые недели отбивали, а вам она хоть как-то доверяет.

— Хорошо, — киваю я, приняв аргументацию, а затем наклоняюсь к Алин и негромко по-французски объясняю: — Сейчас придёт учительница истории, мы вместе переоденем тебя, хорошо?

Девочка, видя, что я жду ответа, начинает расстёгивать платье. Не знаю, о чём она думает, но я кладу свою ладонь поверх рук Алин, останавливая её. Почему-то я не хочу, чтобы она раздевалась, будто боясь увидеть её тело. Хотя я, конечно, подозреваю, что именно увижу. Герр Шлоссер выходит, а я поглаживаю руки Алин, отчего она просто замирает, с недоверием глядя на меня.

— Что произошло? — судя по всему, заместитель ректора школы встретил фрау Вернер в коридоре и просто привёл в школьную больницу.

— Здравствуйте, фрау Вернер, — здоровается герр Нойманн. — Нужно переодеть девочку, только очень осторожно, и по возможности говорить с ней по-французски.

— Что это за игры? — удивляется женщина, подходя поближе, а я не могу оторваться от Алин, чтобы поприветствовать учительницу. — Это что такое?

Голос у фрау Вернер какой-то полузадушенный, что ли. Она будто не верит самой себе, и, обернувшись, я вижу это. Женщина медленно подходит к кровати, явно не веря своим глазам. Я бы тоже не поверил, если бы сам не принёс Алин сюда.

— Герру Веберу девочка хоть как-то доверяет, — объясняет целитель. — Поэтому он вам поможет.

— Кто это? — тихо спрашивает учительница, глаза которой не отрываются от винкеля. — Кто с ней это сделал?

— Это наша потеряшка, — грустно сообщает герр Шлоссер. — Помните, девочка потерялась во время экскурсии. Это она. А сделали с ней это... немцы. Как со многими до и после неё.

— Немцы... — шёпотом произносит фрау Вернер, потянувшись затем к Алин.

Она опускается на колени рядом с кроватью, начиная гладить девочку. Учительница мягко гладит Алин, и мне кажется, что они плачут обе. Смотреть на это очень больно, как будто прямо перед моими глазами происходит встреча двух эпох. Фрау Вернер пожилая, хотя я её возраста не знаю, но она смотрит на Алин во все глаза, как-то очень привычно проверив номер. Слёзы текут из глаз учительницы, а гладит она Алин чуть ли не с благоговением, медленно начав раздевать девочку.

Интересно, почему фрау Вернер смотрит так на Алин? Этого я не понимаю, однако помогаю её раздеть. Надо взять себя в руки и не заплакать, ведь мне четырнадцать! Господи, какие звери ходили по земле всего полвека назад, какие звери, Господи...

Пятая глава

АЛИН ПАРИ

Хозяин ведёт себя странно. Почему-то он не стал меня бить, хотя я была готова к этому. Вместо этого он отлил из моей тарелки баланды и споро смолотил её, хотя и морщился. Ну это понятно — человеку неприятна пища животных. Однако он сделал это, чтобы показать мне, что моя баланда не отравлена, и это странно. Скорей всего, он играет просто — что я могу знать о забавах господ? Но не бьёт, не мучает, значит, всё в порядке.

Я съедаю баланду, после чего просто жду, но команд не поступает, отчего я чувствую себя растерянной. Что мне делать? Я не знаю. Хозяин изо всех сил изображает заботу, как он её понимает. Возможно, меня ему подарили, чтобы он научился заботе, пусть даже и о временной игрушке. А то, что игрушка я временная, известно мне совершенно точно.

Я жду, когда начнётся боль, ведь я помню, как мучились малыши, но она почему-то не начинается. Я чувствую тепло внутри, мне совсем не больно, и даже голод чуть отступает. Из разговора *этих* я понимаю, что они хотят меня раздеть. Видимо, для опытов или чтобы избить. *Этим* очень нравится раздевать, почему так, я не знаю, но покоряюсь, начав расстёгивать платье, но хозяин останавливает меня, принявшись поглаживать руки. Что он делает? Зачем? Странная какая-то игра.

Меня же отдали *этому*, обращаются постоянно к нему, значит, он — мой хозяин, а я — его игрушка. Сначала его будет забавлять это, потом он начнёт ломать игрушку и в конце концов сломает. Они иначе не умеют, поэтому моя жизнь закончится именно тогда, ну или если я ему надоем. Жить отчего-то очень хочется, как угодно, но жить, поэтому я решаю делать всё, что захочет хозяин.

Приходит какая-то... Тоже, наверное, из *этих*, но она как-то очень бережно со мной обращается, что необычно. Впрочем, я начинаю постепенно привыкать к этой игре, дающей мне возможность почувствовать себя не животным. *Эта* очень талантливо изображает шок, когда стаскивает с меня платье. Из-за того, что я лежу, платье жёстко проходится по спине, и в следующее мгновение я понимаю, что меня сейчас изобьют, ведь я пачкаю своей кровью белые простыни.

Но хозяин сразу же подхватывает меня на руки, затем кладёт лицом вниз, а я готовлюсь к боли. Сейчас будет очень-очень больно, а за крик — ещё больнее, хотя и кажется, что больше некуда. Но моей спины касается что-то холодное, оно совсем не делает больно, просто холодит, как снег... От страха я даже не понимаю, что происходит.

— Герр Вебер, придержите девочку, я наложу заживляющий микст, — я слышу слова, но не понимаю их, зато, кажется, понимает хозяин.

— Наверняка прятала младших детей от палачей, — произносит женский голос. — Потому и вымещали на ней зло. Уве, погладьте её, девочке очень страшно просто от позы.

И хозяин слушается *эту*, принимаясь гладить меня по голове. Я же совершенно не понимаю, что происходит. Появляется даже мысль о том, что теперь животные считаются людьми, но я понимаю, что такого просто не может быть. Если бы это было правдой, меня бы не подарили *этому*. Несмотря на то что хозяин, кажется, очень добрый, насколько *эти* умеют быть добрыми, мне всё равно страшно, конечно.

После того как со спиной делают что-то, меня удерживают в таком положении. Я, кажется, знаю, что происходит. *Эти* увидели кровь и сейчас чем-то покрыли меня. Через несколько минут станет очень больно, а потом придёт избавительница-смерть. Ведь не могут же *эти* сделать что-то хорошее! А что, если делать хорошее — это часть игры? Может же это быть частью игры?

Подумав, я понимаю, что вполне может. В это время на меня надевают длинную рубаху, до пяток, но она закрывает меня только спереди, а сзади, насколько я вижу, у неё завязки. Всё правильно, должны же они оставить возможность меня избить... А рубашка, наверное, недешёвая, судя по тому, как мягко она прикасается к коже. Переодев, меня снова кладут на спину, но мне почему-то совсем не больно, только холодит что-то на спине и ниже, но я молчу. Не настолько это неприятно, так что терпеть я могу, не малышка же.

— Герр Вебер, сейчас вы мне поможете, — жёстко говорит моему хозяину палач в белом халате, протягивая ему какую-то бутылочку, наверное, яд. — Дайте Алин микст.

— Сейчас, герр Нойманн, — соглашается юный *этот*, но вот приказывать мне не спешит. Он гладит меня по голове, отчего мне становится как-то тепло.

Я готова к тому, что хозяин сейчас усыпит мою бдительность, а потом или изобьёт, или ещё что-то сделает страшное. Но я понимаю, что бояться просто устала, поэтому просто приоткрываю рот, демонстрируя ему готовность. Яд так яд, поскорее бы всё закончилось, и тогда будет — я верю, будет — волшебная страна, в которой много хлеба, молока и совсем нет палачей.

Поколебавшись, хозяин вливает мне в рот что-то

горькое, отчего я чуть не выплёвываю это назад. С трудом сдержавшись, я глотаю эту горечь и понимаю, что теперь меня ничто не спасёт, а жить остаётся совсем немного. Может быть, хозяин убивает меня не потому, что хочет видеть мои мучения, а совсем наоборот? Вдруг он меня жалеет и хочет убить безболезненно? Как бы то ни было, остаётся только ждать...

Я прикрываю глаза, ожидая того, что неизбежно последует. Но боль не приходит, а вместо этого я начинаю уплывать куда-то в темноту. Последнее, что я чувствую — благодарность этому юноше за свою лёгкую, почти приятную смерть...

Меня ничего не беспокоит, совершенно ничего, но когда неожиданно для себя я открываю глаза, то вижу только хозяина и больше никого. Я понимаю, что уснула, но почему-то не умерла. Значит, яд оказался некачественным, и *эти* ушли придумывать что-то другое. Хозяин, кажется, дремлет, сидя рядом с моей кроватью на стуле, поэтому я стараюсь ничем себя не выдать. Чем дольше он спит, тем дольше не больно, я точно это знаю.

Что же со мной произошло? Ведь меня назвали дичью и хотели убить, а вместо этого подарили юноше. Наверное, он захочет сделать что-то... Не знаю, как это называется, но говорят, будет очень-очень больно, хоть и не до смерти. С болью я, пожалуй, смирилась, главное, чтобы не бросили живой в крематорий, потому что это очень страшно. Крематория-то я всё равно не избегну, став пеплом, но лучше, чтобы я к тому времени ничего не чувствовала... Хотя кто меня спросит?

Пытаюсь вспомнить жизнь до лагеря, но перед глазами какие-то смазанные картины. Наверное, действительно та жизнь мне просто приснилась, а лагерь был всегда.

УВЕ ВЕБЕР

Алин как-то очень покорно принимает и переодевание, и микст после этого. Впрочем, стоит с неё снять платье, как сразу же открывается кровотечение из ран на спине, она сильно пугается, я вижу это, поэтому, почти не отдавая себе отчёта в своих действиях, беру её на руки. Герр Нойманн творит преобразование очистки — оно, как душ, смывает всё, потому что сейчас Алин под воду никак не засунешь... Потом он просит меня положить девочку на живот. И вот, когда я вижу её со спины, чуть не всхлипываю.

Она страшно и не раз избита — просто живого места нет. Герр Нойманн достаёт баночку с заживляющим микстом, начиная наносить его мягкими плавными движениями. Густой прозрачный гель сразу же темнеет, становясь бордовым, что это значит, я, впрочем, не знаю. Затем он всасывается в кожу, оставляя вместо шрамов и открытых ран тонкую кожицу, после чего фрау Вернер надевает больничную накидку на Алин, а я переворачиваю девочку.

Она смотрит на меня обречённо, кажется, уже

приняв свою судьбу, как она её себе воображает, — по крайней мере, такое у меня возникает ощущение, а вот потом сама соглашается на микст. Я всё ещё нахожусь под впечатлением увиденного, потому помогаю ей выпить, после чего Алин сразу засыпает. Герр Нойманн удовлетворённо кивает, значит, всё происходит именно так, как должно.

— Такая вот девочка спасла меня, — негромко произносит фрау Вернер.

— Но погодите, — целитель явно удивлён. — Вы тогда должны были быть совсем юной!

— Мне два года было, — вздыхает учительница. — Такая вот девочка спрятала меня, и я не попала в газовую камеру. Я не помню ни номера её, ни как она выглядела, только ласковые руки — и всё...

— Поэтому вы к ней так отнеслись, — кивает герр Нойманн. — Я могу вас понять, но что мы будем делать?

— К мальчику она привязалась, похоже, — герр Шлоссер внимательно смотрит на меня. — Уве, подумайте ещё раз: сейчас ещё не поздно всё переиграть, но затем она может просто в вас вцепиться. Вы готовы к такому?

— Я готов, — спокойно киваю я в ответ, хотя внутри отнюдь не спокоен.

Я отлично понимаю, о чём говорит заместитель ректора, и не могу не задуматься. Тогда, после экскурсии, нам рассказывали о мужчинах и женщинах, переживших лагерь и находивших «якорь» в жизни.

Возможно, для Алин я становлюсь именно таким «якорем», или же она просто считает меня меньшим злом. Может же так быть? Помню, читал о подобном или фильм смотрел.

Из-за Лауры я в последнее время всё больше погружался в себя, находя успокоение в книгах, поэтому мне кажется чем-то знакомым поведение Алин. Что-то есть в ней такое, хотя мой разум не может принять того, что видят глаза. Не может в современном обществе существовать настолько худенькая, почти прозрачная, но очень сильно избитая девочка с номером на руке. Просто не может! Я не могу даже представить, что она видела и через что прошла...

— Посидите с ней, герр Вебер, — предлагает мне герр Шлоссер, хотя я как раз и хотел его попросить о том, чтобы мне это разрешили. — От уроков я вас пока освобождаю, раз у нас такое происшествие.

— Спасибо, герр Шлоссер, — от души отвечаю ему.

Как он сумел почувствовать моё желание, я не знаю, но заместитель ректора — вообще человек необычный, поэтому я просто благодарен ему. А герр Шлоссер тем временем уводит всех из палаты, оставляя нас наедине. Меня и спящую девочку. Судя по её страху, она просто не принимает окружающего мира или не может в него поверить, что тоже возможно. Я не знаю, ведь мне всего четырнадцать, а не пятьдесят.

В задумчивости я закрываю глаза, откинувшись на спинку стула. Мне о многом надо подумать. Для начала я думаю о Лауре, как-то безотчётно сравнивая её с Алин. Не знаю, как так происходит, но вот сейчас, глядя на спящую девочку, понимаю — Лаура просто играла в любовь, в отношения, но ничего не испытывала. А вот Алин... Я для неё — страшный, наверняка же страшный, но даже в своём страхе она искренна.

Эта девочка отличается от всех, кого я знаю, потому что в её глазах такое, чему просто нет места в нашем обществе. Алин отсутствовала всего несколько месяцев, но за это время её успели... сломать? Что нужно делать с ребёнком, чтобы горячая еда воспринималась как яд? Я не знаю...

Услышав изменившийся ритм дыхания Алин, я понимаю — она проснулась, но лежит очень тихо, как будто боится меня разбудить. Может, и боится, такое вполне вероятно, но почему? Мне очень трудно понять её, но я должен, просто обязан, потому что она же совсем одна. Поймут ли её родители? А если оттолкнут, что тогда с ней будет?

— Проснулась? — негромко, чтобы не напугать, спрашиваю её. — Герр Нойманн сказал, что ты теперь сможешь говорить, давай попробуем?

— А-а-а-а, — тянет она, но затем в её глазах опять появляется ужас, а я не могу себе противиться.

Я просто обнимаю опять задрожавшую Алин, не сильно понимая, отчего она так реагирует, ведь нет же никого вокруг. Девочка же силится что-то сказать и не может, хотя звуки издаёт. Тут нужен герр Нойманн, но он вышел со всеми, а я просто не знаю, что нужно делать. Я говорю с Алин по-французски, отчего-то начав рассказывать сказку. Она прислушивается и успокаивается — ну, мне так кажется. По крайней мере, почти не дрожит.

Странно, что девочка совсем не смущена своим положением, да и переодевали её при мне. Хотя герр Шлоссер объяснил, но в голове у меня это совсем не укладывается, поэтому мне и сложно понять. Пока же я только обнимаю её и рассказываю сказку, стараясь сделать рассказ как можно мягче. Так мама делала, когда я болел. Алин не болеет, но я думаю, ей тоже поможет.

Что же с ней будет? Если родители не примут, то, может быть, мои?.. Надо связаться хотя бы с папой, что ли. Но что мне сейчас делать?

Ответ на этот вопрос находится сам по себе. Кажется, Алин засыпает в моих руках. Дыхание становится другим, губы чуть приоткрываются, а глаза закрываются. При этом она не дрожит, так что, возможно, действительно засыпает. Интересно, если её не выпускать из объятий, кошмары начнутся? Почему-то не хочется выпускать, она так хотя бы не дрожит. Кто знает, кем меня считает Алин — другом или врагом, но сейчас мне хочется только одного — чтобы она отдохнула. Почему-то это мне важно.

Надо всё-таки с папой связаться, он, может быть, хоть советом поможет, потому что у меня мыслей просто нет. Не испугается ли его Алин?

Шестая глава

АЛИН ПАРИ

Хозяин меня как-то очень мягко обнимает — так, что мне не хочется думать о плохом. Я закрываю глаза в надежде на то, что этот момент продлится подольше. Как-то тепло становится на душе, несмотря на то что это хозяин, и он из *этих*. Может быть, я ему понравилась, и теперь он не будет меня убивать?

Как бы сделать так, чтобы хозяин не отдал меня на опыты? Если я ему нравлюсь, может быть, он не будет очень часто бить и мучить? Ведь пока он держит меня на руках, то не бьёт, а значит, можно на мгновение представить себя свободной. Не на лежанке печи крематория, а как будто я — не животное. Просто представить себя в сказке, рассказанной хозяином. Пусть даже мучает, но... мне так хочется сейчас жить...

Мне двенадцать, кажется, лет. В моей жизни были какие-то неясные картины и лагерь. Сначала Равенсбрюк, а потом уже и Аушвиц, а вот какой сейчас, я не знаю. Может быть, меня вообще домой взяли, чтобы дети *этих* могли играть с забавной зверюшкой? Я не знаю, просто не понимаю, что происходит, и от этого мне очень страшно, но хозяин держит меня на руках, и этот факт как-то успокаивает, потому что пока он держит меня, то руки у него заняты, он не может побить. А пока не бьют — всё хорошо.

Он даже слегка покачивает меня на руках, как делала лагерная мама. Воспоминание о доброй женщине, которую наверняка уже убили, болью пронзает грудь. Ведь я была ей никем, совсем никем, а она спасла меня, гладила, находила возможность сказать что-то хорошее и даже... даже подкармливала меня своим хлебом. Как такое возможно, как?

— Что тут у вас? — слышу я голос *этого*, который в белом халате.

— Тише, герр Нойманн, — негромко отвечает ему мой хозяин. — Кажется, она спит.

— Спит — это хорошо, — соглашается *этот*. — Говорить начала?

— Нет, герр целитель, — вздыхает юноша. — Только звуки издаёт.

Почему-то палача в белом эта новость радует. Он начинает объяснять моему хозяину, как нужно со мной заниматься, чтобы я могла снова начать говорить. Я прислушиваюсь, потому что хочу знать, что меня ждёт. Но названный целителем палач не говорит о том, что меня надо чаще бить или ещё как-то делать больно для стимуляции, напротив, он рассказывает о терпении и ласке, что ставит меня в тупик. Это, наверное, какая-то изощрённая игра такая! Ведь не может же палач не желать боли животному?

Так просто не бывает! Не бывает, и всё! Поэтому нельзя верить. Вот, помню, *эти* переодели в господское одну девочку, лет пять ей было, и играли с ней. Долго играли, а потом просто пристрелили. Она умирала долго и до последней минуты не верила, что это всё было ложью. Я не хочу оказаться на месте этой девочки, не хочу! Нельзя верить в игры *этих*, они не могут быть добрыми к животным!

Так хочется поверить в то, что всё плохое закончилось, и теперь будет только хорошее, но это глупая надежда. Хорошее начнётся, как только опадёт огонь печи, и моя душа устремится на свободу, подобно многим и многим, сквозь трубу крематория. Мне сейчас так хочется жить, хотя я и понимаю, что мои надежды тщетны, но жить хочется до визга, я уже, наверное, на что угодно согласна, только бы протянуть эти мгновения жизни ещё хоть на чуть.

— Разбудите её, герр Вебер, — просит этот старший. — Ей нужно поесть.

— Хорошо, герр Нойманн, — отвечает ему хозяин, очень мягко убирая руки, а я против воли, кажется, цепляюсь за его руку, в ожидании неминуемой боли.

Что со мной? Почему я цепляюсь за его руку, будто

хочу спрятаться? Ведь он же *этот*! Сейчас, вот сейчас он достанет плеть и... Я так боюсь первого, приходящего всегда неожиданно удара! Я хватаю хозяина за руку в надежде на то, что удара не будет. Тщетная надежда, я знаю! Я всё знаю, но так не хочу сейчас боли!

— Герр Нойманн! — зовёт мой хозяин палача, не пытаясь почему-то отцепить мою руку.

Нет! Сейчас *этот* в белом халате сделает мне так больно, как и представить сложно! Кажется, я дрожу очень сильно, даже пытаюсь уползти от неминуемой расплаты, я... Пожалуйста, нет! Я в совершенном отчаянии, пытаюсь сжаться, спрятаться, сделать так, чтобы между мной и этим ужасом оказался хозяин...

— Не двигайтесь, герр Вебер! — слышу я отрывистую команду. — Обнимите девочку!

Я снова чувствую обе руки юного *этого*, который мой хозяин. Меня трясёт так, как будто я в первый раз на экзекуции, а он обнимает меня, прижимает к себе и уговаривает не бояться. Он уговаривает меня по-французски не дрожать, мягко как-то... как мама. Не та, которая родила меня, а мама из концлагеря Равенсбрюк. Я не слышу ярости в его голосе и мрачного обещания тоже. Хозяин будто действительно старается меня успокоить, и это самое невероятное.

Я не понимаю происходящего, кроме того, что мне, похоже, не хотят сейчас делать больно. Но я не верю, ведь они же страшные! Страшные! Им нравится, когда кричат и плачут! Почему тогда *эти* так себя ведут, как будто им есть дело до какого-то животного? Перед моими глазами встаёт наш «смертный» блок, последнее пристанище многих и многих, умирающие дети, совсем малыши и ухмыляющиеся *эти*. Почему, почему *там* они такие, а *здесь* совсем другие?

— Дайте ей хлеба, герр Вебер, — другой голос вплетается в мои мысли. — Их это обычно успокаивало.

И сразу же хозяин вкладывает в мою руку кусочек чего-то мягкого, лишь на мгновение расцепив объятия, но затем снова закрыв меня от страшных *этих*. Он будто хочет защитить, но так не бывает. Так просто не может быть, если только... Может быть, ему понравилась игрушка, и хозяин не хочет, чтобы отобрали раньше, чем он наиграется?

Такое может быть, наверное. Ведь можно же привязаться к домашнему животному? Я не знаю... Мягкий кусочек в моей руке оказывается хлебом, который я отщипываю одними губами, но затем не выдерживаю и засовываю за щеку. Если хлеб сосать, то не так сильно хочется кушать и как-то спокойнее становится. И сейчас становится спокойнее, кажется даже, что не будут бить. Ну может же случиться чудо?

Хочется сейчас стать такой маленькой-маленькой, чтобы просто спрятаться в складках одеяла и исчезнуть. Несмотря на то что малыши долго не живут, есть всё-таки надежда их спрятать. Можно ли меня спрятать? Я не знаю...

А вдруг, вдруг случится чудо, и хозяин решит меня

оставить навсегда? Ну... а вдруг?

УВЕ ВЕБЕР

Господи, чего она так испугалась-то? Алин вцепляется в меня до боли прямо, пытается спрятаться, вся сжимается! Что произошло? От ужаса в её глазах мне просто страшно. Страшно за неё, поэтому я обнимаю эту девочку, кажущуюся сейчас такой маленькой. Она вся дрожит, чуть ли не в судорогах бьётся. Почему она так реагирует?

Герр Нойманн явно понимает, что происходит, командуя мне не отпускать Алин, но я и сам просто боюсь выпустить из рук её дрожащее тело. Алин явно чего-то сильно испугалась, но вот чего — я не понимаю. Вокруг нет врагов, только учителя, никогда и ни за что не желающее причинить зло школьнице. Знает ли она об этом?

— Дайте ей хлеба, герр Вебер, — командует герр Шлоссер. — Их это обычно успокаивало.

Он уверен в своих словах, значит, видел подобное. Тут до меня доходит — колдуны живут дольше людей, значит, герр Шлоссер вполне мог быть свидетелем... того времени. Он понимает, о чём говорит. Я беру протянутый мне кусочек хлеба, чтобы вложить в руку Алин. Она будто не понимает сначала, что получила, а затем миг, смазанное движение, и кусочек оказывается у неё за щекой.

Алин не жуёт хлеб, а будто посасывает его. Почему

она это делает, я не понимаю, но не мешаю девочке, лишь обнимаю так, чтобы она никого больше не видела. И Алин потихоньку успокаивается. Я напоминаю себе о том, что девочка из концлагеря, из самого страшного места на Земле, значит, она просто реагирует так, как привыкла.

Прикрыв глаза, я вспоминаю показанные нам, кажется, очень давно картины. Газовые камеры, крематорий, переклички, избиения... Могла Алин подумать о том, что её сейчас будут бить? Не знаю, думаю, да. Значит, она испугалась боли.

— Герр Нойманн, снимите халат, — спокойно просит герр Шлоссер, в голосе которого однако звучит сталь. — И в Равенсбрюке, и в Аушвице ставили опыты над людьми, возможно, и над нею. Тогда вы...

— Палач... — шепчет наш целитель.

Я понимаю его, почувствовать себя в глазах кого бы то ни было палачом — это очень страшно. Я бы не смог такое ни принять, ни пережить. Но пока у меня в руках — постепенно успокаивающаяся Алин. Взгляд её полон страха, но ещё он какой-то ищущий, как будто ей что-то не хватает. Тут до меня доходит, что может ещё её беспокоить.

— Ты в туалет хочешь? — тихо спрашиваю её.

Она медленно кивает, но сразу же сжимается, будто боится удара за это движение. Я же аккуратно сгребаю её с кровати, направляясь в сторону санитарных удобств. Сама-то она вряд ли может, поэтому лучше я её отнесу, раз она не смущается. Мне несложно, а собственная брезгливость и смущение — они куда-то делись, будто исчезли, когда я увидел её избитое тело с торчащими рёбрами.

— Но погодите! — что-то хочет сказать герр Нойманн, но я не останавливаюсь.

— Мальчик всё правильно делает, — слышу я усталый голос герра Шлоссера. — Самый большой страх у них — стать немощными, поэтому судно пока нельзя.

— Вот как... — тянет целитель. — По той же причине нельзя в больницу?

— Да, — коротко отвечает заместитель ректора. — Много чего нельзя, пока она не поверит, что сейчас среди своих. Мы вызвали её родителей, может, это поможет...

— Сомневаюсь, — вздыхает герр Нойманн.

Я аккуратно усаживаю Алин на вызвавший её удивление унитаз, думая оставить её, но она смотрит на меня как-то очень жалобно, поэтому я остаюсь. В туалет в это время заходит и фрау Вернер. Женщина видит взгляд девочки, поэтому только вздыхает, а затем говорит:

— Туалет — это длинная комната, кабинок в нём нет, — объясняет мне учительница. — Когда закончит — пересадишь её на биде, я покажу, как за ней ухаживать, сама она пока не сможет.

— Хорошо, — киваю я, недоумевая, как они выживали в самом страшном месте на земле. — Как скажете.

Стоит Алин закончить, фрау Вернер как-то понимает это, подав мне сигнал, а я пересаживаю девочку так, как показывает мне женщина. Она показывает, как подмыть Алин, как нужно за ней ухаживать, мыть руки, не потревожив зарастающие раны, я внимательно смотрю, понимая, что всё правильно — ночью, кроме меня, тут не будет никого. Я уже понимаю, что останусь с Алин и на ночь, и на день, и столько, сколько будет нужно.

Отнеся удивительно лёгкую девочку в постель, я снова сажусь так, чтобы закрыть ей обзор. Сейчас она видит только меня, поэтому не беспокоится, а я думаю о том, что надо её покормить.

Оглянувшись, я вижу, что суп ей в этот раз налили в кружку, кажется, даже железную. Наверное, это сделано для того, чтобы Алин поменьше нервничала, опасаясь отравы. Я беру кружку в руку и, приподняв кровать, как показывал герр Нойманн, пою Алин бульоном. Она вкус, разумеется, чувствует, но не боится. Хотя, может быть, и боится, но просто не показывает сейчас свой страх.

— Молодец, отлично покушала, — хвалю я, снова копируя маму, но мои слова вызывают явственную реакцию удивления у Алин. — Отдохни немного, — советую я ей, и девочка послушно закрывает глаза.

Я в детстве часто болел, со мной мама сидела, потому что папа работал, вот теперь я копирую её — как она сидела рядом, как кормила, как лечила... Господи, знала бы мама...

Герр Шлоссер сказал, что вызвал родителей Алин, значит, скоро они прибудут в школу. Могут, конечно, не прибыть, но, скорей всего, приедут. Это значит, скоро я узнаю, останется Алин в школе или её заберут домой, чтобы она могла восстановиться среди близких ей людей. Тогда я ей стану не нужен... Почему-то эта мысль вызывает у меня грусть. Привык я, наверное, уже за прошедшее время, хотя и дня не прошло...

Алин отдыхает, а я думаю, вспоминая, что знаю о ней. Девочке двенадцать лет, герр Шлоссер говорил, что после её исчезновения семьёй заинтересовалась полиция, а это что-то да значит. Если мама Алин её унижала, и девочка это вспомнит, то ничего хорошего от их встречи не будет. А если нет, то Алин уверится: вокруг мир и нет наци. Это поможет ей принять себя и жизнь вокруг. Хотя как она будет воспринимать немцев, я даже не представляю. А выбора у неё нет — в Западной Европе Грасвангталь — единственная школа колдовства. Так что легко, я думаю, не будет.

— Герр Шлоссер, — тихо прошу я заместителя ректора, стараясь не разбудить Алин. — Позвоните папе, пожалуйста.

— Хорошо, герр Вебер, — кивает мне герр Шлоссер. — Вы очень хорошо справляетесь.

Ещё бы я не справлялся, держа в руках замученную немцами девочку... Немцами! Кто бы мог подумать, что однажды я так близко соприкоснусь с тем, что доселе видел лишь на страницах учебника?

Седьмая глава

АЛИН ПАРИ

Хозяин придумывает новую игру, теперь он просит... Просит! Не заставляет, не бьёт, а просит! Он просит меня пропевать звуки. Зачем это нужно, правда, я не понимаю, но стараюсь делать то, что он говорит. Кто знает, что он сделает, если разозлится? Ведь я его собственность, он может меня хоть на куски нарезать...

— А теперь попробуй пропеть «и», — мягко просит хозяин.

— И-и-и-и-и, — тяну я, стараясь не думать о том, что происходит.

— А теперь будем чередовать звуки, — предлагает юный *этот*. — А-и-а-и, давай, у тебя получится.

— А-а-а-и-и-и-а-а-а-и-и-и, — послушно тяну я, и ему это явно нравится.

Хозяин улыбается как-то очень ласково, хвалит меня, называя «хорошей девочкой». Почему-то мне становится тепло от его похвалы, при этом совсем не страшно. Я давно уже забыла, что такое «не страшно», но вот теперь хочется улыбнуться в ответ, правда, я не знаю, как. Разучилась, наверное.

— А теперь попробуем с тремя звуками, — играет он со мной дальше.

Я послушная, я очень послушная, я всё-всё делаю, как он говорит, стараясь не ошибиться, потому что злить хозяина совсем не хочется. Куда-то исчезает *этот* в белом халате, а похожий на него *этот* ходит в каком-то зелёном костюме, совсем не страшном. Я знаю, что они здесь все — палачи, но *этот* в зелёном меня уже не пугает. По крайней мере, не так, как тот, в белом, означавшем боль.

Голова немного кружится от старания, но я, разумеется, не признаюсь. Проходит ещё немного времени, и передо мной оказывается кружка с вкусной жидкостью, которая не вода, но не ядовитая. Чем-то она похожа на баланду, но несравнимо вкуснее. Я послушно выпиваю эту странную воду, получая в награду кусочек хлеба, сразу же отправленного за щёку.

Почему меня не бьют, разговаривают ласково, я не знаю. У меня уже даже голова кружится от того, что происходит, но я держу себя в руках, чтобы не дать повода меня избить. Плакать нельзя, несмотря на то, что *этим* нравятся слёзы — плачущего ребёнка они избивают с особенной жестокостью. Не знаю, почему так происходит... Поэтому я держусь и не плачу, хотя от тепла, от этой ласки хочется плакать ещё больше.

Очень страшно поверить в то, что *эти* не сделают ничего плохого, пока играют мной. Наверное, стоит всё-таки поверить, потому что если игрушка сломается, то играть будет неинтересно. Надо поверить, хоть и страшно, конечно. Я вспоминаю малышей, мучившихся в бараке. Они верили в то, что однажды лагерь исчезнет и появятся ангелы с красными звёздами на лбу. Сказки об этих ангелах рассказывали совсем малыши, а я не верила. И сейчас не верю, потому что не понимаю, за что Господь так нас всех наказал.

Помню, в восемнадцатом бараке была женщина номер... нет, не помню... Даже винкеля её не помню. Она говорила, что Бог решил нас всех за что-то наказать, только я не поняла, за что. Только я тогда сказала, что не хочу такого Бога, который наказывает малышей, а потом... не помню, что было. Прокляла она меня, кажется, вот и оказалась я в Аушвице.

Я — животное номер... шесть цифр на моей руке говорят любому о том, что я такое. Не человек даже... Интересно, а могла бы я быть человеком? Спокойно смотреть на то, как мучают детей? Нет, наверное, даже представить себе не могу, что могла бы быть такой.

— Сейчас сюда придут твои родители, — говорит мне *этот*, которого здесь называют герр Шлоссер.

Откуда-то я знаю эту фамилию, но вспомнить не могу. На мгновение возникает надежда увидеть лагерную маму, но она сразу же умирает. Откуда здесь лагерная мама, ведь её наверняка уже убили проклятые палачи, как убьют нас всех. А герр Шлоссер просит моего хозяина сесть на стул, чтобы «не провоцировать», как он говорит. Вот в этот момент я ещё не понимаю, кто имеется в виду под «родителями». Откуда же у животного родители? Они все в лагере, и хорошо, если живы.

Мне почему-то не по себе, но герр Шлоссер что-то показывает моему хозяину, сразу же кивнувшему. Он привстаёт, тянется к столу, чтобы в следующее мгновение вложить в мою дрожащую ладонь маленький кусочек хлеба. Почему-то я не вижу, где этот хлеб лежит, но кусочек в моей руке — это настоящее чудо. Хлеб вне нормы... Как чудо, невозможное, непредставимое чудо.

Медленно открывается дверь, хозяин, будто напоминая о себе, берёт меня за руку, и от такой поддержки волна ужаса, уже поднявшаяся где-то в груди, будто немного спадает, просочившись куда-то. Мне становится спокойнее, ведь я — не просто так, я собственность хозяина, и меня, наверное, нельзя уже просто так в крематорий или на опыты.

Дверь открывается шире, в ривьеру[1] входят двое *этих*. Женщина и мужчина. Сначала я вижу выражение лица *этой* — на нём, скорее, злость. Она смотрит на меня, не отрываясь, а в глазах у неё такое же обещание, как у ауфзеерок в Равенсбрюке. Я вижу, она готова выхватить плётку, чтобы налететь на меня,

 ВЛАДАРГ ДЕЛЬСАТ

но что-то останавливает *эту*. Понятно, что — я же чужая собственность, поэтому для того, чтобы даже избить, надо разрешение хозяина.

И вот тут я перевожу взгляд на *этого*, одетого в чёрный костюм. Он смотрит на меня с улыбкой, а я вглядываюсь в его лицо несколько долгих мгновений, а затем узнаю его. Он изменился, даже, кажется, помолодел, но я запомнила его на всю мою жизнь. Тот, по чьему слову меня мучили, чем-то то ли жгли, то ли били, кто назвал меня бесполезным животным. Его тогда называли «штандартенфюрером». И вот он пришёл за мной, чтобы закончить начатое. Он стоит здесь, прихватив с собой ауфзеерку, и я ничего не могу сделать.

У меня даже нет сил встать, что значит... Значит, сейчас меня заберут, просто отберут у хозяина. Мои последние дни, а то и часы, будут абсолютно точно очень непростыми.

— Где ты была, мы позже узнаем! — зло говорит мне ауфзеерка. — Быстро собирайся, мы отправляемся немедленно!

Ужас накрывает меня волной. Ауфзеерка хочет меня забрать, а «штандартенфюрер» улыбается. Конечно, ему же нравится то, что он видит. И я... Я вцепляюсь в кровать, в хозяина, я кричу, не желая такой страшной смерти, кричу, понимая, что всё бесполезно, и вот именно в этот момент происходит нечто совсем непонятное: хозяин буквально ложится на меня, закрывая собой от страшных *этих*. Я резко замолкаю, пытаясь вдохнуть и жду, когда *эти* сделают свой шаг.

Но ничего не происходит. Хозяин лежит на мне, а вокруг так тихо, как будто я уже умерла.

УВЕ ВЕБЕР

Господи, как испугалась Алин! Такого ужаса я у неё ещё не видел даже! Старательно закрываю её ото всех собой, заметив только, как герр Шлоссер, внезапно ставший строгим и непреклонным, выводит взрослых из палаты. Он увидел то же, что и я: Алин испугалась свою маму, что, учитывая интонации этой женщины, вполне объяснимо, но при виде папы девочка просто впала в панику, а значит, не всё так чисто в их семье, раз у девочки с ходу такая паника.

Герр Нойманн подходит ко мне, вставляет себе в уши стетоскоп, чуть сдвигая меня и абсолютно игнорируя реакции Алин. Он некоторое время слушает что-то понятное только ему одному, а затем лезет в карман, доставая оттуда какой-то сиреневый камень. Миг — и камень ложится на грудь Алин, начав мерно вспыхивать какой-то оказавшейся внутри звёздочкой.

Я понимаю — это так называемый «артефакт». Так называются колдовские приборы, выполняющие часто те же функции, что и человеческие, но в школе проблема взаимодействия с электричеством, поэтому, видимо, и артефакт. При этом Алин спокойно реагирует на камень, значит, не видит в нём опасности. Но всё же, чего она так испугалась?

Замечаю, что, пока закрываю её от всех, Алин вполне спокойна, насколько это у неё вообще возможно, а стоит только отойти, как сразу пугается. Герр Нойманн хмурится, но держится так, чтобы девочка его не видела. Как же ей помочь-то? Не понимаю, и спросить некого, вот, может, папа что-нибудь посоветует, у него опыт, в конце концов...

В приоткрытую дверь входит какой-то очень озабоченный герр Шлоссер. Он подходит поближе, отчего я опять почти ложусь на Алин, закрывая её собой. Но заместитель ректора просто достаёт из кармана круглый шар и внимательно смотрит на него. Шар полон тумана, что заставляет герра Шлоссера вздохнуть. Этот артефакт нам показывали на уроках, он может считать образы из головы — не все, конечно, а только те, которые в голове человека прямо сейчас. Но в данный момент я перекрываю обзор, отчего артефакт ничего и не показывает.

— Девочка, — почему-то не по имени обращается к Алин герр Шлоссер. — Тебе эти люди кого-то напомнили. Кого?

И тут вдруг шар вспыхивает серым светом. В его глубине обнаруживаются два образа, заметить которые я не успеваю, настолько быстро они исчезают, сметённые чёрной волной, означающей сильные негативные эмоции.

— Вот как... Надзирательница и гестаповец... Очень

интересно... — задумчиво произносит заместитель ректора школы, а затем резко разворачивается и быстрым шагом покидает палату.

Надзирательница — понятно, ведь женщина говорила с Алин довольно жёстко, что её и напугало, но вот почему её спутник — гестаповец? Ведь он только улыбался и молчал. Из-за чёрного пиджака, или же оказался похожим на кого-то? В любом случае получается, что Алин нельзя отдавать её родителям, она просто не перенесёт этого.

— Что с ней? — тихо спрашиваю я у герра Нойманна.

— Ничего неожиданного, — вздыхает он. — Слишком много стрессов, но одновременно с этим сильные перепады: от твоей заботы до страха... Ну и сердцу это не особо полезно.

— Она не... не умрёт? — осторожно интересуюсь я, с надеждой глядя на целителя.

— Не дадим, — отрезает он, погладив меня по голове, а затем отходит подальше, видимо, чтобы не пугать Алин.

Я смотрю на девочку, опять закрывшую глаза, понимая тем не менее — она не спит, Алин просто не хочет видеть тех, кто так её напугал, и теперь боится возвращения ужасов прошлого, поэтому лежит с зажмуренными глазами. Я же её закрываю от всего мира. Подумав, решаюсь погладить по короткому ёжику волос, отчего она чуть вздрагивает, но больше никак не реагирует.

А я не понимаю. Лежит в больничной одежде страшно худая девочка с остриженными волосами и страхом в глазах. Кем надо быть, чтобы улыбаться, глядя на неё, или разговаривать так, как её мать? Это же совсем не по-людски, так не ведут себя нормальные родители! Эх, даже совета спросить не у кого...

Я действительно будто заглядываю в те далёкие года, откуда появилась Алин сейчас. Улыбка на лице её отца, злоба её матери... Как наци, действительно. Вот, напугали девочку, что теперь будет? Судя по тому, что я знаю, герр Шлоссер не оставит её на съедение. Дело даже не в том, что он, возможно, помнит то время, дело совсем в другом — он заместитель ректора, поэтому просто не сможет оставить ребёнка в беде. По крайней мере, я на это надеюсь.

Дверь открывается рывком, я оборачиваюсь, чтобы взглянуть на того, кто почти врывается в школьную больницу, и начинаю улыбаться. Мама! Мама приехала, значит, теперь точно всё хорошо будет. Лишь взглянув на меня, она почти подбегает к кровати — и в следующее мгновение как ковшом сгребает Алин в объятия. Тут я понимаю: она всё знает. Кто и как успел так быстро ей рассказать, я не знаю. Но мама сгребает в объятия ничего не понимающую девочку, моментально расположив её так, чтобы Алин ничего не видела вокруг. Контраст между моими и Алин родителями настолько сильный, что хочется расплакаться просто.

— Позвонил герр Шлоссер, — объясняет мама,

покачивая в руках молчаливую Алин. — Сказал, что нужна помощь. Отец приедет чуть позже, а я рванула сюда. Приехала как могла быстро... Что с девочкой?

— Она побывала в прошлом, мама, — объясняю я. — В концлагере и...

— Это я знаю, — обрывает меня самая лучшая женщина на свете. — Как и то, что у нее в семье обнаружились неприятные вещи. Сейчас что?

— Алин испугалась сильно, мама, — вздыхаю я, погладив девочку. — И за меня цепляется... Ещё — пока не говорит, но мы работаем над этим.

— Так... — в задумчивости произносит мама, покачивая на руках ошарашенно смотрящую на неё Алин.

— Я останусь тут, утром подумаем, что делать, — наконец, решает она.

— Спасибо... — шепчу я, но в этот момент девочка начинает беспокоиться.

Мама кладёт её обратно на кровать, а я понимаю, в чём дело. Встав, беру из тарелки на столе кусочек хлеба, чтобы вложить в руку Алин. Хлеб моментально исчезает у неё во рту, и девочка прикрывает глаза. Мама гладит её, затем вздыхает и предлагает мне рассказывать. При этом она говорит очень мягким, ласковым голосом, что по-немецки звучит немного необычно. Я же киваю, принявшись рассказывать всё с самого начала.

— Лаура, видимо, решила разорвать отношения, — объясняю я. — Ну, я и пошёл в лес проветриться, а там...

Восьмая глава

АЛИН ПАРИ

Я не понимаю, что со мной делают. Какой-то камень положили на грудь, но от него не больно, значит, пусть. Когда не больно, то и неважно, потом меня спросил *этот* о том, кого мне напомнил тот, кого называли «штандартенфюрером», но затем почему-то быстро ушёл, а после этого начали происходить совсем непонятные вещи.

В ривьеру почти вбегает женщина, она почему-то берёт меня на руки, прижав к себе, как делала... мама. Она будто хочет защитить меня, но при этом оказывается мамой хозяина. Какая-то непонятная *эта*, ведёт себя, как мама, но она же *эта*, раз мама хозяина, — и я не понимаю! Какая жестокая игра у *этих*...

Это игра, потому что *эти* не могут так обнимать меня, они должны хотеть избить, сделать больно, увидеть слёзы... Зачем тогда она меня обнимает? От этого становится ещё страшнее. Только я начинаю думать, что хозяин меня защитит от других *этих*, как сразу всё меняется. Мне просто очень страшно, особенно, когда *эта* начинает говорить со мной ласковым голосом, а хозяин что-то рассказывает. Я не вслушиваюсь, потому что стараюсь не дрожать. Кто знает, что будет...

Очень хочу жить, так сильно, что готова на всё, даже на объятия страшной *этой*. Хочется расслабиться в её руках, и одновременно очень страшно, просто до жути страшно, потому что она играет в... маму. Убийца мамы играет в неё... Пусть не она убила мою маму в концлагере Равенсбрюк, но она из *этих*, значит, такая же, как и они. Я тянусь к хозяину в тщетной надежде на то, что он защитит меня, хотя и понимаю... Я всё понимаю...

— Она боится, мама, — говорит он своей маме. — Ты её испугала, но я не понимаю, почему...

— Нужен кто-нибудь из выживших, — отвечает *эта* задумчиво. Что она задумала?

Мама хозяина поднимается и куда-то уходит, а он снова обнимает меня, как будто хочет спрятать, и мне становится спокойнее. Я успокаиваюсь, потому что я же — его игрушка, а хозяин, наверное, не хочет меня быстро сломать. Он гладит меня по голове, затем опять просить издавать звуки. Мне сложно почему-то, но я стараюсь, потому что за старание получаю кусочек хлебушка. Вот бы ещё молочка, но я даже вкус его не помню, не знаю, как оно выглядит. Малыши мечтали о молоке, а я даже сказать ничего не могла, потому что, кажется, не знаю, что это такое.

Я не могу понять, что это такое недавно было. Объяснение-то я нашла, но вот сам факт... Мама хозяина как будто честно хотела сделать так, как... мама, но ведь такого не может быть. Это же невозможно просто!

— А теперь мы будем пробовать пропеть слова, — предлагает мне хозяин.

Я стараюсь, но почему-то ничего не выходит. Я уже вся сжимаюсь, потому что знаю, что сейчас будет очень больно, ведь я не выполняю то, о чём он меня просит, но хозяин почему-то не сердится, он гладит меня по голове, почему-то вздыхая. Я же жду, что он начнёт меня бить за нерадивость, но ничего не происходит. Пожалуй, мне нравится эта игра, когда не больно. Пусть даже в конце и будет «газовка», как её называли в лагере, или, может быть, даже пуля... Мы всё равно все обречены, а конец пути завершит труба третьего крематория.

— Герр Нойманн, — зовёт мой хозяин другого *этого*. — У нас не получается со словами...

— Девочка просто устала, — отвечает тот, но ко мне не подходит. — Уложи её спать и сам ложись, твоя кровать рядом, если тебя ничего не смущает.

— Да чего тут смущаться, — вздыхает хозяин. — Что она там не видела...

Он выглядит усталым, даже очень, поэтому, наверное, не хочет меня избить. Что означает их разговор? Сейчас будет отбой? А как же проверка? Но тут хозяин внимательно смотрит на меня, видимо, о чём-то раздумывая, а потом берёт на руки и уносит в туалет. Интересно, почему он меня носит, а не гонит? Может быть, ему нравится так играть? А мне от этого становится страшно, потому что кажется, что сейчас отдаст меня тем... «небесной команде»[1]. Но он меня просто сажает на унитаз, видимо, чтобы я не замочила постель. Но я не замочу, потому что за такое ауфзеерки до полусмерти изобьют.

Страшно мне очень, но хозяин ухаживает за мной так, как будто я сама не могу. Он моет меня, а затем уносит в кровать, где заворачивает в одеяло. Ничего не понимаю, а проверка? Или из-за того, что я теперь его игрушка, проверка не нужна? Решаю довериться тому, что делает хозяин, потому что ему же видней. Он опять гладит меня по голове, отчего мне хочется тянуться к этой руке, но я хорошо знаю, сколько боли может принести *этот*, стоит лишь только чуточку ему поверить, поэтому сдерживаю себя.

— Засыпай, — говорит он мне. — Этот день закончился, надо спать.

Это значит, что уже отбой. Хозяин снимает с себя одежду, оставаясь в белье, и укладывается на кровать рядом. Он закрывает глаза, и я понимаю — это приказ. Усталой я себя чувствую, правда, я всегда себя чувствую усталой, потому что голодно очень... Но сейчас я выполняю его приказ, закрывая глаза и переворачиваясь на живот, чтобы утром было не так больно, когда разбудят плёткой...

Этот день был самым сложным в моей жизни. Несмотря на то что меня подарили, а не убили, я до сих пор ничего не понимаю. Здесь страшнее даже, чем в «смертном» бараке. Там-то всё было понятно, а здесь — совсем ничего. Игра *этих* пугает ещё и тем, что я не знаю, чего ждать. Меня почему-то совсем не бьют, а это необычно, не мучают, даже опыты у них какие-то безболезненные, а так совсем не бывает. Странная игра, и очень страшно от неё сойти с ума, потому что тогда жизнь точно закончится. А я хочу жить! Жить любой ценой!

С этими мыслями я засыпаю, но скоро слышу крик ауфзеера. По спине раскалённым железом проходится плеть, отчего я немедленно вскакиваю. Злой голос кричит на меня, спрашивая номер, а я не могу ответить, с ужасом понимая, что всё ещё одета в ту одежду, на которой номера нет. Я силюсь что-то сказать, а *этот* начинает меня остервенело бить. Он бьёт своей палкой по чему попало, я падаю на земляной пол и кричу, кричу от боли, кричу, срывая голос! Кричу.... И тут вдруг меня обнимают тёплые руки.

Барак отдаляется, будто исчезает, а я чувствую руки, гладящие меня. Открыв глаза, я вижу лицо хозяина и сразу пугаюсь, понимая, что разбудила его криком, а значит, боль из сна сейчас придёт в реальность. Сейчас разозлённый хозяин возьмёт в руку плетку и... Но он почему-то этого не делает. Только обнимает и шепчет:

— Тихо, тихо, всё хорошо, тихо...

Почему?!

УВЕ ВЕБЕР

Ночью Алин кричит так, что у меня буквально сердце разрывается. Всю ночь я вскакиваю к ней, отчего она пугается ещё сильнее, хотя кажется, что сильнее и некуда. Наконец, я просто ложусь с нею рядом, обнимаю её спящую, отчего она тихо всхлипывает, буквально ввинчиваясь в меня, будто прося защиты. Маленькая какая... Сейчас она кажется мне ещё беззащитней, чем днём, хочется защитить её даже от снов.

Какими же зверями были немцы полвека назад, раз она так мучается... Алин как-то очень доверчиво прижимается ко мне и спит, кажется, без сновидений, давая возможность поспать и мне. Во сне я контролирую её, но не чувствую попытки освободиться или убежать. Алин будто замирает, боясь даже пошевелиться, а затем наступает утро. Я просыпаюсь до того, как измученная девочка откроет глаза, успев буквально скатиться с кровати. Кто знает, как она отреагирует?

Быстро одевшись, я сажусь на стул, ожидая, пока Алин откроет глаза. Я понимаю, что она уже проснулась, но зачем-то соблюдаю приличия. Что нам принесёт сегодняшний день? Пошевелившись, девочка делает слабую попытку подняться, и я её сразу же беру на руки. Герр Шлоссер очень хорошо объяснил мне, что будет, если Алин сообразит, что практически не может ходить.

В лагере всех, кто не мог ходить, уничтожали, и хорошо, если убивали перед тем, как сжечь, а могли же и живьём... Она это очень хорошо знает. Сердце девочки, постепенно становящейся важной для меня, и так плохо реагирует, а что будет, если... Даже думать не хочется. Она становится важной, ведь Алин действительно плохо. Это не капризная Лаура, это девочка, чудом выжившая в самом страшном месте, которое я только могу себе представить.

Сейчас мы будем учиться чистить зубы. Алин сидит на биде, а я показываю ей, как чистят зубы. Она это когда-то умела, но помнит ли? Поэтому я играю с ней, показывая, как правильно это сделать. Она послушно повторяет за мной, сначала, конечно, удивившись зубной щётке. Но повторяет мои движения, даже пытается улыбнуться, потому что я её хвалю.

Конечно, я не сам догадался, как правильно поступать, мне рассказал герр Шлоссер. У него виден опыт, но я даже знать не хочу, откуда у нашего учителя этот опыт. Вот мы заканчиваем чистить зубы, я объясняю, как правильно полоскать рот, поэтому проблем у Алин не возникает. Я её уже подмыл после утреннего туалета, нет в этом ничего особенного, да и воспринимается она сейчас, скорей, сестрой, чем просто девочкой...

Между нами два года разницы, только вот я живу в семье, в школе, у меня есть те, кто защитит, я всегда знаю это и в любой момент могу связаться с родителями, а Алин неизвестно сколько времени провела там, где жизнь не стоила ничего, да и сама жизнь... Какие же звери, Господи... Мне даже стыдно порой оттого, что я немец.

Поднимаю её на руки, не рискуя пока мыть под душем. Герр Нойманн очистит её преобразованием, когда перевязывать будет, а сейчас Алин сразу же получает кусочек хлеба в награду. Как она дрожит над хлебом — это непредставимо просто. Я вижу, что кашу ей уже принесли. Простая жидкая каша на воде, значит, в ней есть и миксты, способные сделать так, что не будет плохо. Я усаживаю девочку, поднимая кнопкой спинку кровати и раскладываю столик. Сможет ли она сама поесть?

Ставлю тарелку перед ней, протягиваю ложку. Алин, кажется, не верит тому, что видит, но ложку хватает всей ладонью, затем обнимает рукой тарелку, надёжно фиксируя её, и начинает как-то очень быстро есть. Она бросает настороженные взгляды вокруг, будто боится, что отберут, при этом ложка так и мелькает. Доев, девочка принимается вылизывать тарелку, но я не мешаю ей — пусть будет так, как ей комфортно.

— С-спасибо... — заикнувшись, произносит она, и я просто замираю — Алин заговорила!

— Как здорово, что ты разговариваешь! — улыбаюсь я ей, сразу же погладив по голове. Герр Шлоссер говорит, что надо много хвалить и гладить, чтобы она отвыкла от того, что тактильный контакт означает боль.

— Как вы тут? — в палату входит герр Нойманн. — Как ночь прошла?

— Могло быть хуже, — нахожу в себе силы пошутить. — Алин заговорила!

— Очень хорошо, — кивает он. — Занимайтесь дальше, через полчаса дашь ей микстуру, на столике стоит. И через час у вас будет гость, не пугаться!

— Не будешь пугаться? — интересуюсь у Алин.

— По-по-поста-араюсь... — говорить ей ещё трудно, она сильно заикается, но всё же говорит.

Это, по-моему, большой успех — девочка заговорила, теперь хотя бы сможет пояснить, если я не пойму её желаний. Обрадовавшись, я начинаю с ней заниматься дальше, стараясь делать паузы и постоянно хваля, отчего она сильно удивляется. Почему она так удивляется, я не знаю, но стараюсь не обращать на это внимания. Это, конечно, непросто, но я всё же стараюсь.

Так проходит полчаса, после чего я беру бутылочку со столика. Алин смотрит со страхом, а я понимаю, что либо придётся приказывать, разрушая то хрупкое доверие, что появилось между нами, либо уговаривать. Решаю, что лучше буду уговаривать. В любом случае пугать её в мои планы не входит.

— Это микстура, — пытаюсь я объяснить. — Не яд, а лекарство. Ты знаешь, что такое лекарство?

— Н-нет, — отвечает мне Алин внимательно следя глазами за бутылочкой.

— Это нужно, чтобы ты лучше говорила и меньше уставала, — я ищу аргументы, которые её не испугают, но вижу — она мне не верит.

Алин просто не верит мне, ведь её мучили, возможно, и яды давали или ещё что-то такое делали. Тогда я решаюсь на обман — делаю вид, что отпиваю из небольшой бутылки, в которой традиционно хранят микстуры. Алин следит за мной расширившимися глазами — её мой жест удивляет. Я сажусь обратно на стул, позволяя увидеть девочке, что я не умер. Некоторое время мы смотрим друг на друга, затем она, видимо, решается — поднимает дрожащую руку, показывая на микстуру. Я, стараясь не выказать радость, осторожно помогаю ей выпить, после чего Алин закрывает глаза, расслабившись.

О чём она думает? Что в её голове, кто мне скажет? И как объяснить девочке, для которой любой немец — палач и убийца, что войны и лагеря больше нет? Я не знаю, где найти такие слова, которым она поверит. Мне не сорок, не пятьдесят, а всего четырнадцать, я просто не знаю, как её убедить. Может быть, взрослые знают?

Девятая глава

АЛИН ПАРИ

Я не понимаю происходящего. Возникает ощущение, что хозяин обо мне... заботится. Как я о малышах в «смертном» бараке, но там было понятно, они бы без меня не выжили, а *этот-то* что? Он же из *этих*! Зачем он так себя ведёт? Я не понимаю, чего он хочет, и от этого непонимания мне хочется плакать, но плакать нельзя, я это очень хорошо знаю.

Как-то странно он играет, как будто ему нравится ухаживать за животным... Но может ли такое быть? Возможно ли это? Не хочу думать... Я просто устаю от этих размышлений, поэтому решаю: будь что будет. Газовка так газовка, крематорий так крематорий.

Но хозяин, увидев, что мне страшно, сам отпивает из той бутылки, которая предназначается для меня. Он показывает мне, что не отравлено? Какое ему дело до этого, почему бы просто не заставить, как делают другие *эти*? Тем не менее выпиваю терпкую жидкость, от которой что-то внутри будто расслабляется. Боли всё также нет, какие-то странные опыты — безболезненные, как будто и не опыты вовсе.

Я здесь второй день, кажется, в качестве игрушки. Или третий? Не помню, да и не важно это, сколько дано мне, столько и проживу, конец всё равно будет один, нечего и думать тогда. Но вот всё это время мне не делают больно, не бьют, не мучают, все опыты безболезненные, а ещё кормят, кажется, даже без нормы. Очень странно и слишком необычно.

Этот, который принёс бутылку, сказал, что будет гость. Почему-то меня беспокоит сказанное, хочется встретить новую опасность если не стоя, то хотя бы сидя, поэтому я пытаюсь повернуться, но слабость накатывает, как вал песка в Равенсбрюке, и я чуть не умираю от страха. Неужели я стала немощной?

— Что такое? — сразу же реагирует хозяин, глядя на меня как-то странно.

— М-можно я ся-сяду? — спрашиваю его, уже не пугаясь того, что заикаюсь, потому что здесь за это почему-то не бьют.

— Сейчас я тебе помогу, — отвечает он и действительно помогает мне, перекладывая ноги.

Я боюсь спрашивать, но хозяин как-то мягко улыбается, наверное, чтобы внушить мне надежду. Я же просто боюсь того, что будет, если я не смогу ходить. Опять перед глазами вал песка, который надо было грузить в вагоны руками. Брать в ладони и грузить. Но так много не нагрузишь, поэтому потом было очень больно — ауфзеерки наказывали за «лень», как они это называли. Кажется, что вот прямо сейчас прозвучит окрик, и...

Но ничего не происходит. Хозяин садится рядом со мной, обнимая меня одной рукой, будто показывая, что я — его. Наверное, пока я — его собственность, меня не отправят в крематорий? Очень хочу в это верить, просто до слёз. Страшно мне постоянно здесь, потому что просто не знаю, чего ждать. Здешние *эти* какие-то другие, как будто добрые, но они такими быть не могут, значит, всё вокруг — игра, или я просто сошла с ума, но почему-то ещё жива.

Медленно открывается дверь, и в ривьеру входит кто-то. Из проёма двери медленно и неотвратимо надвигается кто-то страшный, отчего я начинаю дрожать, а хозяин просто прижимает меня к себе, напоминая, что я — его, отчего мне становится спокойнее. Тут гость входит в освещённое место, и я вижу совсем седого старика. Странно видеть его, потому что живых стариков я уже давно не видела, их же уничтожают. А гость смотрит на меня, как будто я — большой кусок хлеба или... даже сравнения такого не знаю. Он делает ещё несколько шагов, почти дойдя до меня, после чего медленно опускается на колени. Хозяин делает такое движение, как будто хочет кинуться на старика, но остаётся на месте, а тот... Он смотрит на меня и плачет, я вижу слёзы, текущие по его щекам.

Старик медленно кладёт правую руку на рукав левой, задирая его. Он показывает мне цифры: поблёкший номер на старческой руке мне чем-то знаком. Я совсем недавно видела этот номер, только не могу вспомнить, когда. А старик тянется ко мне рукой, будто желая прикоснуться. Кто он? Пипли[1]? Почему он плачет?

— Мама... — шепчет этот странный гость. — Ты помнишь малыша, которого спрятала от *этих*? Ты помнишь? Его должны были уничтожить, но...

И перед моими глазами встаёт «смертный» барак. Больше было девочек, но и мальчики тоже были. Их лица пролетают передо мной, и я вспоминаю малышей, которых прятала, но вот того, о ком говорит старик, не помню. Много их было, кого удалось спрятать, а ещё больше тех, кого нет. Поэтому я качаю головой, а он начинает говорить. Он рассказывает мне, как было страшно и больно, как он пугался всех и вся, а одна девочка спрятала его за каким-то ящиком, приносила хлебушек и запрещала плакать. А потом она исчезла... Он говорит о страшном призраке «газовки», о том, как громко кричат ночами дети, как бьют его защитницу — девочку, которую он называл «мамой». Старик рассказывает мне о том, что война закончилась, и *этих* больше нет. Он говорит мне — прошло полвека, даже больше, можно не бояться, и никто не сделает мне плохо, но я не верю ему. У меня есть хозяин, я его

 ВЛАДАРГ ДЕЛЬСАТ

игрушка... Почему этот чудом оставленный в живых пипли думает, что я поверю?

Я смотрю в блёклые, будто мёртвые глаза старика и начинаю говорить. Я говорю, а мне кажется, будто нет никого вокруг. И я рассказываю ему, как стонут и плачут умирающие дети, как я стараюсь поначалу утешить и успокоить малышей, и как их скорченные в последней муке трупики утром забирает мор-экспресс[2]. Я говорю ему о том, как устала от лагеря, как желаю, чтобы всё закончилось... Хоть бы и в «газовке». Да, я уже и на крематорий согласна, но у меня есть хозяин...

Пипли встает, подходит, обнимая меня. Гладит по голове, а я всё не могу остановиться, рассказывая, как страшно кричат малыши после «опытов»... Я говорю и плачу, а затем начинаю говорить о хозяине. О том, что пока играю с ним в его странную игру, не будет крематория. И старик плачет вместе со мной, пытаясь ещё в чём-то убедить, но я не верю. Невозможно поверить в то, что *этих* нет, хотя местные *эти* какие-то необычные, но они есть. Как только хозяину надоест игрушка, всё закончится.

Хозяин смотрит на меня большими, округлившимися глазами и будто не может поверить в то, что слышит. Наверное, он не ожидал, что я пойму. Но я понимаю: всё вокруг — игра, игра *этих*. И старик этот, пипли — он тоже часть игры *этих*. Ведь иначе не может быть! Иначе не бывает! Для таких, как я, может быть или лагерь, или крематорий...

УВЕ ВЕБЕР

Я полностью шокирован, слушая, что говорит Алин. Она считает всё вокруг игрой эсэс, а меня... меня — своим хозяином. От этой новости я полностью теряюсь, даже не знаю, что сказать или сделать, поэтому молчу. Слушая откровения старика, а затем и девочки, я понимаю — они прошли через нечто более страшное, чем ад, это просто непредставимо, через что они прошли... Но — хозяин?

Я вижу, что старик ни в чём не убедил Алин. Девочка остаётся при своём мнении, как-то объясняя себе даже татуировку на руке нашего гостя, где-то найденного герром Шлоссером в прошлом малолетнего узника Аушвица. Что теперь делать, да и как вообще смотреть ей в глаза, я не понимаю и с трудом сдерживаю слёзы.

Наконец, старик прощается, выходя из школьной больницы, а я иду за ним. Я сейчас очень мало что соображаю, поэтому иду за стариком и, только увидев маму, буквально падаю в её объятия, чтобы разреветься. Я и представить себе не мог... Я плачу, не в силах сдержаться, наплевав в этот момент на то, что я мальчик, что я почти взрослый, потому что это просто непредставимо!

— Она мне не поверила, — скрипучим голосом произносит гость. — Просто не поверила, и всё.

— Что случилось? — взволновано интересуется мама. — Я давно не видела Уве в таком состоянии!

— Девочка считает, что всё вокруг — игра эсэс, — отвечает ей старик, чьи слова до меня доносятся, будто сквозь подушку, — а ваш сын — её хозяин.

— Что значит «хозяин»? — не понимает мама, пытаясь успокоить меня.

— Она считает себя собственностью вашего сына, игрушкой, — объясняет гость. — Но на самом деле это лучше, чем просто лагерь.

От этих слов я перестаю плакать, не понимая, что в этом хорошего, зато, похоже, понимает герр Шлоссер. Он объясняет маме — раз Алин считает себя игрушкой, то будет выполнять все назначения, сможет быстрее восстановиться и не будет плакать, что уже хорошо для её сердца, а там её можно будет попробовать убедить в том, что лагеря больше нет.

Я задумываюсь над его словами. Если Алин считает меня «хозяином», то не будет смущаться, а позволит ей помочь. Но, господи, как же это неприятно! Противно, как будто я сам её мучил... Как найти слова для неё? Но герр Шлоссер продолжает рассказывать. Оказывается, такие случаи он тоже видел, Алин в своём восприятии не оригинальна, поэтому он знает, как можно помочь ей. И я слушаю, слушаю то, о чём говорит наш учитель.

— Как мне ей в глаза-то теперь смотреть? — интересуюсь я, вытирая слёзы. — Вот как?

— Считай, что это нужно для её выздоровления, — советует мне старик, а затем усаживается на стоящий здесь же стул, доставая клетчатый носовой платок из кармана. — Господи, столько лет... И опять проклятые наци, опять, будто и не было ничего...

Он тихо плачет, совсем, как Алин. Он плачет, а я даже не знаю, что сказать. Мама гладит меня, успокаивая, показывая, что я не один. Я беру себя в руки, двинувшись к двери в палату. Не надо её надолго одну оставлять, ещё подумает что-то не то, сделает себе плохо. Я с трудом осознаю свалившуюся на меня ответственность, но герр Шлоссер прав — так действительно пока лучше. Так у Алин появляется уверенность, что её не убьют, а это очень важно.

Уже схватившись за ручку двери, я вспоминаю родителей девочки. Что с ними? Ведь Алин очень испугалась их обоих. Поэтому я останавливаюсь и поворачиваюсь к заместителю ректора. Некоторое время пытаюсь сформулировать вопрос, но потом решаю спросить напрямую.

— А что с родителями Алин? — интересуюсь я.

— Грязь там, — вздыхает герр Шлоссер. — Её приёмный отец оказался совсем не французом, а сыном колдуна из Аненербе. С этим вопросом разбираются Блюстители. А вот с матерью что-то совсем непонятное, но ребёнка она не получит, полиция твёрдо нам это обещала. Вот что будет с девочкой...

— Мы возьмём её под опеку, — решительно говорит мама. — Раз она считает себя игрушкой, то возражать не будет, а так...

— Да, это отличное решение, — кивает заместитель ректора школы.

Они начинают разговор о каких-то бумагах, а я просто поворачиваюсь к двери, чтобы вернуться к Алин. Я ещё не понял полностью, да и не принял тот факт, что являюсь для девочки даже не палачом, а кем-то намного более страшным. Но одновременно с этим она принимает меня, желая спрятаться, значит, я для неё — меньшее зло. Может ли так быть? По-моему, вполне.

Тяжело вздохнув, возвращаюсь в палату, натыкаясь на взгляд девочки. В нём тревога и какое-то обречённое ожидание. Улыбаюсь ей, чтобы показать, что всё в порядке, и подхожу поближе. Значит, она считает всё происходящее игрой? Что же, тогда именно игрой можно обосновать и микстуры, и наши занятия. Это будет Алин знакомо, она не будет пугаться, как сказал герр Шлоссер. А раз не будет пугаться, то уже хорошо.

Я сажусь рядом с ней, задумавшись о том, что можно же почитать учебник. Рассказать об антифашистском фронте, о происходившем в те года не только с точки зрения узницы немецкого концлагеря. На мой взгляд, идея очень хорошая, потому что герр Шлоссер говорит, что нельзя так быстро ломать мир, который она себе выстроила. Нужно дать ей время адаптироваться. По крайней мере, так говорит заместитель ректора.

— Мы с тобой поиграем в игру, — объясняю я девочке, усевшись рядом с ней. — Но сначала условимся: пока я твой хозяин, никакого крематория не может быть, договорились?

— Меня тебе насовсем подарили? — удивляется Алин, на что я просто киваю.

Обманывать, конечно, нехорошо, но сейчас ей нужно помочь принять реальность, а для этого сначала убрать из её жизни все угрозы. И вот когда не будет угроз, она, как сказал наш заместитель ректора, восстановится. По крайней мере, сможет адекватнее воспринимать мир вокруг. Герру Шлоссеру виднее, ведь колдуны живут долго, а значит, у него есть разный опыт.

— Ты теперь навсегда в нашей семье, — объясняю я Алин, даже не сообразив сначала, как это будет воспринято, а потом становится поздно что-то менять.

В палату входит мама и медленно направляется к девочке, сразу крепко вцепившейся в меня. Теперь-то я понимаю, как ей объяснить, что маме можно доверять. Суть в том, что объяснять должен именно я, иначе она может просто пропустить все объяснения мимо ушей. Что же...

Собираясь с силами, я глажу Алин по волосам, что ей, я вижу, нравится. Сейчас я расскажу ей, почему не надо бояться маму... Вот прямо сейчас и расскажу!

Десятая глава

АЛИН ПАРИ

Интересно, чего добиваются *эти* своей игрой? Хотя вряд ли я когда-нибудь это пойму, всё-таки развлечения *этих* всегда были непонятны и очень болезненны. Хозяин гладит меня по голове, перед этим сообщив, что я теперь, кажется, навсегда в семье или... Значит, у меня несколько хозяев? Впрочем, какая разница, пока не бьют?

— Как тебя зовут? — интересуется хозяин, как будто не видит номера.

— Я — номер два-девять-три-три-пять... — начинаю говорить, но он закрывает своей ладонью мой рот.

— Нет, ты не номер, — качает головой молодой *этот*, меняя правила игры. — Тебя зовут Алин, хорошо?

— Я — Алин, номер два-девять... — пытаюсь я повторить, но хозяин снова прерывает меня, прижав к себе.

— Ты просто Алин, не номер, договорились? — повторяет он, заставляя меня вздрогнуть, потому что я слышу нотки раздражения в его голосе.

Я киваю, потому что не хочу боли. Никто, наверное, не хочет, вот и я не исключение. Хочет, чтобы я была Алин вместо номера, пусть так и будет, мне же не сложно... Какая разница, как будет называться груда костей и пепла... Увидев, что я киваю, хозяин задумывается, явно что-то пытаясь сформулировать, учитывая, как он то открывает, то закрывает рот. Я сижу тихо-тихо, чтобы не вызвать его раздражения, потому что страшно очень.

— Алин, — произносит хозяин. — Мы будем играть в новую игру, сейчас я расскажу тебе, какую.

— Хорошо, — киваю я, потому что другого ответа от меня точно не ждут.

— Ты теперь будешь человеком, — сообщает мне *этот*, — обращаться ко мне будешь Уве, договорились?

Я киваю, а хозяин начинает рассказывать мне, что в этой игре меня совсем-совсем нельзя бить, мучить или отдавать на опыты. И пока я буду следовать правилам игры, то крематория тоже не будет. По крайней мере, я так понимаю его речь.

Мне, в общем-то, всё равно, потому что точно знаю: им быстро надоест считать животного человеком, а потом всё начнётся заново, ведь игрушка я совершенно точно временная. Но пока... делаю вид, что верю *этому*. Если хотя бы недолго бить не будут, то уже, можно сказать, повезло, а вот в сказки я не верю. Я помню, как рассказывала малышам сказки, но вот сама в них точно не верю.

Тут в ривьеру входит давешняя женщина, которую мне нельзя теперь бояться. Хозяин очень хорошо дал мне понять — я не должна показывать страх *этой*, которая его мама. Она входит, медленно приближается ко мне, а затем аккуратно берёт на руки. В её руках тепло, но поверить я, разумеется, не могу, хоть это и игра. Интересно, что будет, если я расслаблюсь?

Нет, мне всё ещё очень страшно, но ещё я устаю бояться, а хозяин как будто чувствует, вкладывая мне в ладонь кусочек хлеба палачей. Он необыкновенно мягкий и тёплый ещё, кажется, а не каменный. Но отказываться я не решаюсь, потому что это хлеб, а то, что он сделан для *этих*, ничего в нём не меняет. Некому меня осуждать — все, кто пытался говорить о восстании, давно упокоились, уйдя в лучшую жизнь сквозь трубу крематория. И я однажды так же уйду...

На руках у *этой* очень как-то тепло и уютно. Я пытаюсь прогнать это ощущение, напоминаю себе, что она из *этих* и сделает всё возможное, чтобы я плакала, но почему-то именно сейчас мне хочется об этом забыть. Как будто я снова в восемнадцатом блоке, и меня гладит мама. Не хочется думать о плохом, а только почувствовать этот момент, оставляя его с собой навсегда, ведь «потом» у меня точно не будет.

— Мо-можно с-спросить? — тихо интересуюсь я, решаясь проверить правила игры.

— Что, маленькая? — мягко спрашивает меня *эта*, которая мама хозяина, поглаживая по голове.

— Как я узнаю, что игра закончилась? — рискую я, зажмурившись от страха. — Вы меня пристрелите или сразу...

— Когда игра закончится, мы тебе скажем, — она бросает выразительный взгляд на сына, сжавшегося под этим взглядом.

Я понимаю, что спросила неправильно, отчего хозяину может попасть, а потом он мне отомстит обязательно. Ну почему мне так не везёт? Я же не хотела ничего плохого! А если она меня накажет, то хозяина, наверное, не будет? Надо спросить!

— Хозяйка... не надо хозяина наказывать, — прошу я, уже представляя, что со мной сделают за такую наглость. — Лучше меня...

— Господи, Алин! — восклицает мама хозяина, прижимая меня к себе. — Никто никого наказывать не будет! — я слышу угрозу в её голосе, отчего мне становится страшно.

Я пытаюсь справиться с этим страхом, что у меня получается с большим трудом. Но тут, отвлекая хозяйку, в ривьеру входит *этот*, в зелёном, который приносит всякие бутылочки. Он не доходит до меня, остановившись у стола.

— Фрау Вебер, — произносит *этот*, глядя на мою хозяйку. — Вашему сыну и приёмной дочери предоставлен отпуск на год. Вы можете покинуть территорию.

— Сообщите моему мужу, — требовательным голосом произносит хозяйка.

— Он будет с минуты на минуту, — сообщает ей *этот*.

В какой-то момент мне кажется, что он готов даже поклониться. Значит, мои хозяева — довольно важные особы, и на время игры я буду защищена от других *этих*, что уже, по-моему, очень хорошая новость. Правда, что означают переговоры *этих*, я не понимаю, но мне и не нужно понимать, ведь я просто игрушка, не имеющая никаких прав, что бы ни говорили *эти*.

— Мы сейчас поедем домой, — мягко сообщает мне хозяйка.

— Надо её переодеть, — подаёт голос хозяин. — Но у неё нет ничего, даже белья, только...

— Лагерное, — кивает *эта*, поглаживая меня по голове так, что хочется забыть о том, что я игрушка. — Папа привезёт, не беспокойся.

Значит, хозяев будет трое. Молодой *этот* ко мне относится хорошо, насколько это для них вообще возможно. Его мама вроде бы тоже не хочет избить, пока я делаю всё, что она говорит. И ещё будет тот, кого назвали «папа». Я его ещё не видела, значит, он самый опасный. Нужно быть очень осторожной, потому что, пока я играю с ними, то живу, а как только надоем... Как бы не надоесть?

Нет, я, конечно, знаю, что рано или поздно надоем, тогда меня выкинут, но сейчас мне хочется, чтобы эта игра продлилась подольше. Почему-то я как-то очень быстро ослабела, но не понимаю, почему. При этом меня не несут в крематорий, а, напротив, держат на руках, кормят и успокаивают. Почему так происходит, я не знаю, отчего мне, конечно же, очень страшно. Правда, теперь, похоже, мне запрещено показывать свой страх.

Эти страшные, очень...

УВЕ ВЕБЕР

Я всё ещё нахожусь под впечатлением того факта, что Алин считает меня хозяином, владеющим ею. Для меня подобное просто непредставимо. Раньше точно устроил бы истерику, но теперь такой возможности у меня нет, потому что перепугаю девочку. Герр Нойманн очень чётко объяснил, что для неё любой сильный стресс может закончиться смертью.

Мама предлагает увезти Алин домой, потому что контролирующие органы очень легко отдали опеку, благо у нас с этим проблем не возникает, учитывая ситуацию, ну ещё и школа вступилась. В общем, теперь Алин под нашей опекой, можно сказать, сест-рёнка, хотя герр Шлоссер и объяснил, как оно бывает.

Впрочем, я не возражаю, ведь она столько испытала... Даже представить сложно, сколько.

Я ещё думаю, что однажды, когда Алин окрепнет, надо будет её привезти в Аушвиц, показать пустые бараки, просто доказать, что лагеря больше нет. Хоть и страшно — а ну как провалится обратно, что с ней сделают? Но сейчас об этом всё равно говорить слишком рано. Алин просто боится всего, а тут же вокруг немцы...

Дома они тоже будут, но намного меньше, да и папа умеет не только по-немецки, потому что он родился совсем в другой стране. Может быть, хотя бы это поможет. Пока я уговариваю Алин называть себя не номером, в голову приходит мысль об истории. У нас же есть книги, где описывается и антифашистский фронт, и «другие немцы», и много чего ещё... Может быть, хотя бы это её убедит в том, что мы не наци?

Надо будет попробовать... А пока её же переодеть во что-то нужно! Мама говорит, папа привезёт одежду, это хорошо. Я поднимаюсь, чтобы выйти, на что никто не реагирует. Мне нужно спросить герра Шлоссера, точнее, обсудить с ним пришедшую в голову мысль. Ну и о родителях Алин спросить, точнее, не столько о родителях, сколько о том, что делали колдуны в Аушвице.

Заметив, что Алин старается расслабиться у мамы на руках, я только вздыхаю, но тем не менее выхожу из палаты. Я беспокоюсь о девочке, конечно, но сейчас с ней мама, если что — она отреагирует.

— Герр Шлоссер! — зову я куда-то спешащего заместителя ректора. — Скажите...

— Да, Уве? — останавливается он, с интересом глядя на меня.

— Скажите, а что делали колдуны в лагерях? — в последний момент меняю формулировку вопроса на более общую, ведь мы же не знаем, где именно Алин встретилась с эсэсовцем.

— Эксперименты... — вздыхает герр Шлоссер. — Они пытались извлечь колдовской дар или же искусственно усилить его, чтобы иметь возможность использовать в бою.

— Эксперименты? Болью? — уточняю я свой вопрос, не очень хорошо представляя, как возможно то, о чём говорит учитель.

— Болью, угрозой смерти, много чем, Уве... — тяжело вздыхает заместитель ректора школы. — У тебя всё?

— Нет, — качаю я головой. — Можно ли как-то убрать татуировку с руки Алин? Возможно, этот факт её как-то примирит с действительностью?

— Интересная мысль... — в задумчивости отвечает мне герр Шлоссер. — Подожди несколько минут.

Он быстро уходит, а я остаюсь на месте, думая о том, прав ли я в своём желании стереть прошлое хотя бы с тела Алин. Как она воспримет исчезновение татуировки? Не сделаем ли мы этим хуже? Хотя, куда хуже-то?.. Может быть, это как-то отвлечёт девочку от мыслей о крематории или... Я не знаю. Хочется сделать что-нибудь, чтобы изменить её обречённый взгляд иногда кажущихся мёртвыми глаз. Чаще всего у неё страх во взгляде, но вот иногда...

Ой, папа! Я не успеваю погрузиться глубоко в свои мысли, когда вижу папу, идущего по коридору прямо ко мне. Конечно же, он знает, где находится школьная больница. Взгляд его напряжён, скорее... Интересно, что ему рассказала мама? Папа подходит ко мне быстрым шагом, помахивая чёрной спортивной сумкой.

— Здравствуй, сын, — улыбается он, обнимая меня свободной рукой. — Рассказывай.

— Смотря что тебе рассказала мама, — отвечаю я ему, потому что в подробности версии не посвящён.

— Сначала твоя версия, — очень серьёзно смотрит на меня отец.

Спорить с ним бесполезно, поэтому я начинаю рассказ с Лауры. Папа внимательно слушает о событиях послеобеденного времени, не торопя меня. Он никогда не торопит и всегда повторяет, что лишней информации не бывает. Ну, учитывая, где он работает, оно и понятно, наверное.

— Я иду и вижу — девчонка лежит, лет, наверное, десяти, — продолжаю я рассказ. — Потянулся проверить — живая, но нехорошо лежит, помнишь, ты рассказывал?

— Помню, — кивает отец. — И?

— Она худая очень, папа, — вздыхаю я, припоминая. — Ну, взял я её на руки, герру Нойманну отнести, а она лёгкая-лёгкая, даже и не чувствовал её, а ведь это неправильно!

— Совсем неправильно, — соглашается папа. — Учитывая, что мама была очень взволнованной и попросила привезти всё, от трусов до... хм... Что с девочкой?

— Она из Аушвица, папа... — почти шепчу я, чувствуя, как мои щёки щекочет непрошенная влага.

— Только что прямо оттуда... И татуировка, и винкель, и номер, и платье... И избита была просто страшно... А ещё...

— Из Освенцима, — повторяет за мной отец, называя польское, по-моему, наименование лагеря. — Тогда немцы для неё — враги... Как же она вас приняла?

— Она счи-считает себя моей... игрушкой... — вот тут папа меня обнимает, будто пряча от всего мира. — Она... и я... я не знаю... — слова прорываются наружу, но в предложения не складываются совсем.

— Спокойно, — приказывает отец, успокаивая меня. — Значит, девочка из концлагеря, хотя, как это возможно, мы узнаем позже. Здесь у неё никого нет или?..

— Уже нет, — вздыхаю я. — Там тёмная история, и я её до конца не понял.

— Разберёмся, — обещает папа. — Винкель какой был?

— Красный, с буквами «S» и «U»[1], кажется, —

 ВЛАДАРГ ДЕЛЬСАТ

отвечаю я, не поняв сути вопроса. — Но она немка или француженка, кажется...

— Она русская, — качает головой папа. — Эсэс в этом точно разбирались. Значит, попробуем так...

Отодвинув меня в сторону, он входит в палату, сразу же заговорив на языке, которого я не знаю. Наверное, это папин родной. А вот Алин на маминых руках понимает его, я вижу это по её удивлённо вскинутым глазам. Папа о чём-то спрашивает её, и девочка отвечает на том же языке, заставляя моего отца кивнуть. Получается, она действительно русская? А как тогда она оказалась здесь, а потом и там?

Одиннадцатая глава

АЛИН ПАРИ

Вошедший мужчина сначала кажется *этим*, но затем начинает говорить со мной по-русски, как будто точно знает, что я понимаю. У него мягкий, ласковый голос, да и хозяйка сразу же отдаёт ему меня, поэтому мне сразу становится понятно, что он не из *этих*. Но при этом мужчина какой-то слишком упитанный... Может, он тоже часть игры?

— Здравствуй, маленькая, — как-то очень ласково говорит мне он. — Как тебя зовут?

— Номер... — начинаю я, а затем пугаюсь — меня же иначе называют сейчас. — Алин...

— А мама как тебя называла? — интересуется он, приблизив свои губы к моему уху. Я понимаю, о какой маме говорит мужчина, потому что по-русски же спрашивает.

— Алёнушкой... — тихо отвечаю ему, всхлипнув.

Не представившийся пока мужчина прижимает меня к себе, усаживаясь на какую-то кровать. Он вздыхает, но что интересно — хозяева молчат и не приближаются. Наверное, им противно? Мужчина устраивает меня поудобнее и принимается тихо-тихо рассказывать очень странные вещи.

— Сейчас мы поедем туда, где будет безопасно, — говорит он мне, поглаживая по голове. — Никого не бойся, но веди себя, как всегда, они не должны догадаться.

— Хо-хорошо, — тихо отвечаю ему, хотя не понимаю совсем ничего.

— Надо её одеть, — произносит он по-немецки, но я слышу акцент, понимая, что этот странный мужчина просто выучил язык и теперь говорит на нём.

Он перекладывает меня на кровать, при этом улыбнувшаяся хозяйка снимает с меня одежду, заставив задрожать. Я не знаю почему, это от меня не зависит. Тут ко мне подходит молодой хозяин и просто обнимает. Почему-то мне становится не так страшно, я, можно сказать, успокаиваюсь. Ну, не совсем, но спокойнее на душе становится.

Хозяйка принимается одевать меня в странную одежду — короткие, чем-то знакомые штаны, только я не знаю, как они называются, и какое-то слишком мягкое платье. А ещё на нём нет номера, и мне в первый момент становится очень страшно, но хозяйка меня гладит, и я вспоминаю, что я уже не в лагере, а игрушка. Может быть, игрушкам не надо быть с номером, откуда я знаю?

Молодой хозяин так заботится обо мне, что даже странно, а ещё он как будто ждёт одобрения от мужчины, совсем непохожего на *этого*. Он, кстати, берёт меня на руки и выносит из ривьеры. Я, конечно, пугаюсь, но стараюсь не сильно дрожать. Очень страшно на самом деле, потому что меня несут, и я боюсь, что в крематорий.

— Не бойся, — подаёт голос молодой хозяин. — Мы идём к выходу, там ма... автомобиль. Ты знаешь, что такое автомобиль?

Слово знакомое, но я не очень хорошо понимаю, что именно он имеет в виду. Как будто что-то пытается всплыть в памяти, но тотчас же исчезает, смытое страхом. Меня несут так, что я никого не вижу, кроме серой маринарки[1] мужчины. Она необычная — однотонная, но, наверное, тут просто другие порядки.

— Нет, — тихо отвечаю я молодому хозяину, на что тот вздыхает, как-то очень тревожно посмотрев на несущего меня.

— Автомобиль — это повозка, на которой мы поедем домой, — объясняет он.

Совершенно непонятно, что именно имеется в виду, но я просто киваю, ведь от меня ничего не зависит. Мы, судя по ветерку, обдувающему мои ноги, выходим на улицу. Тотчас что-то негромко щёлкает, затем жужжит, а затем меня усаживают в какое-то очень удобное кресло, чтобы потом зафиксировать широким ремнём, который, впрочем, не ограничивает движения.

— Вот наша Алёнушка посидит, пока мы будем ехать, — очень ласково, как мама почти, говорит мужчина. — А чтобы ей не было страшно, будут мультфильмы.

Что такое «мультфильмы», я не знаю, но тут дверь закрывается с тонким писком, отрезая меня от него, и я оказываюсь в замкнутом пространстве. Испугаться, впрочем, я не успеваю. Потому что слева от меня обнаруживается молодой хозяин, сразу же начавший меня гладить. Почему-то мне очень приятно, когда гладит *этот*, а почему так, я не знаю, ведь должна же бояться?

Раздаётся негромкое гудение, и тут с потолка что-то спускается, оказываясь... небольшим окошком, в котором начинают бегать и суетиться какие-то ненастоящие фигурки. Это действие сразу же фиксирует моё внимание, поэтому на происходящее вокруг меня я уже никак не реагирую. Только что-то чуть вжимает меня в кресло, но не больно, поэтому можно не реагировать.

В окошке бегают фигурки, а ещё я краем глаза вижу, как пролетают мимо деревья и какие-то столбы. Значит, меня везут, но фигурки интереснее, поэтому я не пугаюсь. Молодой хозяин даёт мне кусочек хлеба, который можно пососать, поэтому мне совсем уже не страшно. Я просто смотрю в окошко и даже не реагирую на то, что говорит молодой хозяин, хотя слышу.

— Мама, а могла она забыть всё, что было до лагеря? — интересуется хозяин.

Глупый он, как и все *эти*, разве может быть что-то до лагеря? Лагерь был всегда... Я это знаю, потому что все попытки вспомнить только к серой мути привели.

— Вполне, сынок, — отвечает ему хозяйка. — Тогда её надо будет обучать с нуля. Такое бывает, к сожалению.

— А ещё... она же немка, почему её русской назвали? — продолжает спрашивать хозяин.

Оказывается, мой винкель значит, что я русская, но при этом хозяева считают, что я из Швейцарии. Ну, до лагеря жила в Швейцарии. Хозяйка объясняет своему сыну, что если я «этнически русская», то могли подумать, что просто перепутали, и всё. Но я не прислушиваюсь, потому что это мне неинтересно. Какая разница? Ведь всё равно этот факт ни на что не влияет, а только заставляет грустить. Хотя я даже не грущу, мне не важен разговор хозяев, потому что меня никак не касается. Мне важно дожить до завтра, например...

Комната, в которой я сижу, видимо и называется автомобилем. Я понимаю, что мы куда-то едем, но при этом в окно смотрю только в конце пути, как я потом понимаю. Вот через это просто огромное окно я вижу свободно ходящих *этих*, а ещё детей. Меня удивляет тот факт, что у *этих* могут быть дети. Видеть детей в добротной одежде, живых, не плачущих и не мучающихся, очень необычно. Они как будто ненастоящие, как будто это — продолжение картинок в маленьком окошке. Я просто не могу поверить в то, что вижу — толстые дети прыгают, бегают, при этом их не бьют, не мучают... Как такое может быть?

УВЕ ВЕБЕР

Папа ведёт себя необычно, но я стараюсь не мешать ему, ведь он лучше знает, как правильно себя вести. Папа всегда всё лучше знает. Мы едем домой, я поглядываю на Алин, хотя папа называет её иначе, как-то очень ласково. Глажу её по руке, но, похоже, мультфильмы полностью увлекли девочку, отчего она смотрит в экран, не отрываясь. Я же поглаживаю её, против чего она совсем не возражает.

Автобан ложится под колёса, папа ведёт машину очень ровно и аккуратно, несмотря на то, что явно спешит. Домой можно попасть двумя дорогами, но мы, кажется, едем через Берн, чтобы поскорее оказаться в Германии. Интересно, почему? Впрочем, думаю, рано или поздно это выяснится.

Совсем незаметно пролетают два часа, и вот мы уже проезжаем пограничный городок, съехав с автобана. За окном видны гуляющие люди, играющие дети. Алин смотрит на детей таким взглядом, что мне становится не по себе. Она будто впервые видит играющих детей, веселящихся, гуляющих... Я задумываюсь об этом и понимаю, что вполне возможно. Мама же предположила — Алин могла забыть всё, что было до лагеря, и тогда для неё свободно гуляющие дети — это очень странно, ведь в лагере подобного она не видела.

Стоит нам пересечь границу, как папа притормаживает, и я понимаю, зачем. Он так стремился побыстрее оказаться в Германии, поэтому сейчас ставит на крышу синий маячок. Это значит, что сейчас мы поедем очень быстро, игнорируя пробки. У папы есть это право, и, когда нужно, он решает сам, а сейчас даже я согласен, что нужно. Чем быстрее Алин окажется дома, тем лучше будет. Меньше немецкой речи... И папа объяснит, что он задумал.

Мы несёмся уже по немецкому автобану, нам уступают дорогу, что, в общем-то, нормально, а я думаю... Даже сразу не замечаю, что Алин уснула, но, заметив, кладу свою руку поверх её, чтобы успеть среагировать, если начнутся кошмары. Интересно, герр Шлоссер найдёт возможность стереть номер с руки девочки? Девочки, становящейся какой-то очень близкой...

Всё-таки я многого не понимаю. Как она оказалась в Швейцарии, до меня дошло: тот немец, выдававший себя за француза, женился на её маме и переехал в Швейцарию, где шансов встретить кого-то, кто знал его отца, минимальны. Но вот его отец, он же наверняка узнал Алин... Или я себе придумываю? Есть у меня ощущение, что не просто так она в лагере оказалась, хотя герр Шлоссер и предупреждал о возможности провала в прошлое, но мне как-то не верится в то, что произошло это случайно.

Алин спит тихо-тихо, так что я даже проверяю, дышит ли она. Странно, но кошмаров у неё сейчас нет, она будто застыла в своём сне. Почему-то я чувствую что-то63333 внутри, когда гляжу её, хотя знаю, что она воспринимает меня хозяином, а себя собственностью. От осознания этого факта мне почему-то очень больно в душе.

Вот мы проскакиваем «бабочку» на подъезде к нашему городу. Живём мы, конечно, не в самом городе, а в деревне в трёх километрах от предместий. Папа не любит суету мегаполиса, а учитывая, что машины у нас две, то это вообще не проблема. Нормально, в общем-то, когда две машины в семье, родители не привязаны друг к другу...

Вот мы уже катимся по знакомой улице, поворачиваем в сторону подземного гаража, а я думаю о том, как бы осторожно разбудить Алин. Папа медленно въезжает и останавливается, затем поворачивается к нам. Он сразу видит, что девочка спит, но делает отрицательный жест. Значит, не надо её пока трогать, что же, ему действительно виднее.

— Уве, — негромко зовёт меня отец. — Как придём, поставишь ей видео о процессах над наци и освобождении Аушвица. Потом будем убеждать её, что мы — не наци, ну а как доверится, то и с психологом, думаю, пообщаемся. Всё понял?

— Да, папа, — киваю я, теперь уже понимая, что именно он задумал.

Если Алин увидит, что Аушвиц был освобождён, что её мучителей повесили, что люди стали свободными, она больше поверит папе. А ведь были же антифашисты, коммунисты, ещё кто-то, они тоже говорили по-немецки, но их так же убивали наци. Вот... Тогда она поймёт, что мы — не «хозяева». Вот только как её в принципе успокоить, немцы же кругом? Думаю, папа обо всём уже подумал и расскажет нам с мамой попозже.

Папа кнопкой открывает дверь — они у нас отъезжают в сторону сами, потом, очень бережно отстегнув Алин, берет её на руки так, что девочка совсем не просыпается, будто чувствует, что ей здесь не причинят вреда, или же просто устала. Могла же она просто устать? Я бы на её месте... Впрочем, папа несёт Алин к лифту, а я вижу, что она проснулась и подглядывает. Значит, просто не хочет, чтобы мы знали, что она не спит?

В лифт мы помещаемся все вместе, при этом папа молчит, поэтому молчим и мы с мамой. Папе действительно виднее, мама это тоже понимает. Лифт останавливается на нашем этаже, позволяя нам выйти и открыть дверь. Я сразу же устремляюсь к телевизору — выполнять папино задание, поэтому назад не смотрю. Подборка фильмов у нас есть, потому что после той экскурсии я с трудом воспринимал факт того, что я немец. После увиденного, после той атмосферы я просто не мог нормально воспринимать факт своей национальной принадлежности. Вот тогда папа меня и... примирил.

Я включаю первый... Самый тяжёлый... На экране — играющие дети. Я считаю, что понял папу, поэтому этот фильм на русском языке, но параллельно в него включены выступления Тельмана, его песня против фашизма — немецкая. И снова фильм — голые трупы, колючая проволока и — освобождение! А за этим и Трибунал.

Подойдя к дивану, сажусь рядом с девочкой, взяв её за руку, но она будто и не замечает меня.

Алин сидит, неотрывно глядя в экран. Она слышит слова Тельмана, Буша, сильно им удивляясь, я же вижу. Она спокойно смотрит на трупы, на ходячие скелеты, но начинает плакать, когда показывают освобождение лагеря. А когда слышит, о чём говорит советский обвинитель, хватает меня за руку и другой рукой. На её лице — недоверие, но в этом фильме, который смонтирован из нескольких, есть фотографии повешенных наци. И вот девочка узнаёт кого-то из них...

Алин плачет в голос. Я пультом останавливаю воспроизведение, на экране застывает изображение какой-то нацистки на виселице, не знаю, кто это, зато, кажется, знает, Алин. Она просто ревёт, как маленькая, и я обнимаю её.

Я прижимаю к себе ставшую такой дорогой девочку, даже и не пытаясь успокоить её, ведь она видит сейчас, как её палачам, мучителям воздаётся по заслугам. Алин плачет, и вот её уже обнимает и мама, а папа просто молча стоит, глядя как будто сквозь экран. Я понимаю отца...

Двенадцатая глава

АЛИН ПАРИ

Я верю и не верю тому, что слышу. Этого не может быть, но это есть, я же слышу эти яростные и справедливые слова, призывающие браться за оружие против *этих*. Я слышу же! Немцы! Они требуют уничтожать *этих*! А ещё я вижу... Я вижу, как вешают Грезе! Ту самую Ирму Грезе, встреча с которой была страшнее крематория! Я вижу моих мучительниц, убийц мамы мёртвыми — и не могу сдержаться, плачу навзрыд.

И когда показывают уцелевших детей, я почти никого не узнаю, но всё равно плачу, потому что мне показывают, как уничтожают лагерь, дохлых *этих*, и я просто не понимаю, что же произошло. Я не могу поверить в то, что вижу... Просто не могу поверить, и всё!

Меня обнимают, но не успокаивают, и я благодарна

им за это. Я даже представить не могу, что произошло, но тут начинает говорить тот самый мужчина, который, похоже, здесь главный, но он точно не *этот*. Он подходит ко мне, начиная говорить, и я слушаю его, потому что невозможно не слушать то, о чём он сейчас говорит.

— С того мгновения, когда ты оказалась за воротами лагеря, Алёнушка, — произносит он спокойным голосом, — прошло почти шестьдесят лет. Как так получилось, мы выясним позже. Но за это время немцы вспомнили, что они люди...

— Значит, я не игрушка? Крематория не будет? — задаю я самый важный для меня вопрос.

— Ты не игрушка! Не игрушка! Не номер! — восклицает хозя... Уве.

Он обнимает меня так, как будто я для него очень важна, отчего я снова плачу, просто не в состоянии удержаться. Юноша обнимает меня, а я пытаюсь уложить в голове тот факт, что крематория не будет, потому что больше нет лагеря... И крематория тоже. Уве обнимает меня, и мне вдруг кажется, что всё это стало возможным только потому, что меня с земли поднял именно он. Именно он сделал так, чтобы лагеря больше не было.

По-моему, я всё правильно понимаю, ведь меня должны были убить, и вот появляется Уве, берёт меня на руки, и я вдруг оказываюсь там, где нет *этих*. Нет, скорей всего *эти* ещё где-то есть, они затаились и только ждут, чтобы начать меня мучить, но вот тут их нет. Значит Уве, его мама и вот этот, не представившийся главный — они не *эти*.

— А почему вы меня обнимаете? — тихо спрашиваю я женщину.

— У каждого должна быть мама, — улыбается она мне. — Вот и у тебя будет, если согласишься. И папа тоже...

— Мама? Папа? — удивлённо переспрашиваю я и вдруг понимаю. От этого понимания вдруг почему-то выключается свет...

— Просыпайся, просыпайся, — что-то очень мягко хлопает меня по щеке.

Я открываю глаза, сразу же увидев обеспокоенное лицо... мамы? Ну, мамы Уве, конечно, моя мама осталась там... Почему мне вдруг хочется назвать её мамой? Потому что она о маме сказала? Не знаю... Чувствую себя очень слабой, но если нет крематория, то это, наверное, не страшно. Или страшно? Как узнать? Что теперь будет?

— Что теперь будет? — задаю я вопрос и сразу же замираю.

Я больше не заикаюсь! Вот совсем не заикаюсь, это радостно, но и немного страшно. Вовсе не от того, что я могу спокойно говорить, а от самого вопроса. Мне важно узнать, что будет именно со мной. И ещё, что можно делать, а чего нельзя, и каковы последствия, ну... если их рассердить?

— Теперь будем жить, Алёнушка, — по-немецки говорит мужчина, а вот имя моё он проговаривает очень мягко по-русски. — Нас можно называть папой и мамой, если ты не против. Бить тебя никто больше не будет. Не будет и крематория.

— А если я вас рассержу? — удивляюсь я, потому что, получается, я в рай попала.

— У-у-у-у-у, — тянет Уве, подняв голову вверх, как будто на потолке что-то написано.

Он обнаруживается рядом со мной. Получается, я его сразу не заметила, потому что много всего сразу происходит. От его выражения лица, полного тоски, я даже немного пугаюсь.

— Если рассердишь маму или папу, — сообщает мне парень, — то с тобой будут долго разговаривать, объясняя, почему ты поступила плохо.

— Разговаривать? — удивляюсь я, пытаясь понять, что кроется за этим словом.

— Словами разговаривать, — объясняет... папа? — У нас не принято бить детей, да и везде в Германии не принято, понимаешь?

Как так? Я не понимаю, как такое возможно. Но у него нет причины меня обманывать, значит, такое всё же возможно? Наверное, это из-за того, что меня Уве спас. Теперь я в раю, как та женщина рассказывала, которая номер семь-пять... нет, не помню. Значит, теперь будет, как в сказке малышей. Очень хочется в это верить.

— Папа, а Алин... Алёнушке можно молоко? — интересуется Уве, на что взрослые сразу же улыбаются, а мама куда-то уходит.

— Мы не знаем, как ты оказалась в лагере, — сообщает мне... папа. — Судя по всему, ты забыла всё, что было до него. Такое бывает, бояться этого не надо. Поэтому сначала ты будешь хорошо кушать, а потом начнём заниматься, чтобы ты могла пойти в школу с Уве.

— С Уве я на всё согласна, — отвечаю ему, правда, очень тихо, потому что немного страшно — а вдруг он рассердится?

— Маленькая моя, — говорит на это юноша, прижимая меня к себе.

И от этого жеста мне становится как-то очень тепло на душе. Если он меня не прогонит, то ничего больше плохого точно не случится, я в это верю, потому что от всего плохого меня защитит Уве, я это точно знаю. Я закрываю глаза, показывая, что доверяю ему, потому что, получается, он же меня спас.

Но на этом сюрпризы не заканчиваются. Новый... папа ставит передо мной небольшой столик, миг — и на нём оказывается большая кружка с чем-то белым и... и целая тарелка хлеба! Я знаю уже, что вот это белое, мягкое, пушистое — это хлеб. Огромное богатство, бесценная тарелка, полная хлеба...

Скольких можно было бы спасти, будь у нас там такая тарелка, сколько бы малышей могли выжить... Теперь она стоит передо мной. И можно брать сколько угодно, без окрика, без удара и даже без рвущейся с поводка злобной овчарки. Почти бешеного зверя, готового грызть детские кости. Нет уже и *этих*, нет горьких слёз, а передо мной — тарелка бесценного хлеба. Как чудо!

— А что это? — спрашиваю я, привычно зажмурившись в ожидании ответа. Если ударят, то, может, глаз не выбьют, потому и зажмуриваюсь.

— Это молоко, — всхлипнув, отвечает мне... мама.

Вот это белое в кружке — это *молоко*. То самое, о котором мечтали малышки, рассказывая о нём сказки, и вот теперь я, номер два-девять-три-три-пять... Ой, нельзя же... Но я теперь в сказке. В той самой сказке, о которой мы мечтали в холодном страшном «смертном» бараке.

УВЕ ВЕБЕР

Отчего мне Алин стала такой дорогой, я не знаю, да и задумываться не хочу. Я просто вижу сейчас, как она осторожно пробует тёплое молоко, как со слезами на глазах смотрит на хлеб... Полностью понять её чувства мне не дано, но, наверное, и не надо.

Её полные искренности слова о том, что со мной она на всё согласна, бьют в самую душу. Разве можно обмануть такое доверие? Вот и я думаю, что нельзя. Но что будет теперь? Поверила ли эта девочка в то, что лагеря больше нет? Надо папу спросить, ну и ещё о том, почему имена разные, потому что я же не знаю, как её лучше называть.

— Папа, а почему Алёнушку, — мне очень

непросто произносить это имя, но я стараюсь, — в школе называли Алин?

Я вижу, как вздрагивает от этого имени девочка, поэтому глажу её, чтобы показать, что всё хорошо. Она как-то очень сильно за меня цепляется, но я понимаю, кажется, отчего это происходит. Герр Шлоссер что-то подобное говорил, поэтому я не удивляюсь. Если так ей будет легче, буду с ней рядом всегда. Главное, чтобы она улыбалась и не думала о жутких вещах.

— Что нам удалось установить... — папа листает рабочий блокнот. — Алин Пари сменила имя и фамилию. Точнее, это сделала её мать. Изначально девочка звалась Алёной Паршиной, это такой вариант имени Елена в России. Но её мать решила, что девочке будет трудно жить с русским именем и фамилией, по крайней мере, так она обосновала свой выбор. И чиновники согласились.

— Папа, но ведь это глупо! — удивляюсь я, впервые услышав о том, что кому-то может быть дело до происхождения. Германия очень тщательно следит за дискриминацией, в общем-то, понятно, почему.

— Тем не менее, — вздыхает отец. — Так она была записана и в школе, но, попав в лагерь, просто забыла о том, что было до этого. Такое бывает, в этом нет ничего непоправимого. Может быть, над ней проводились какие-то опыты, может быть, что-то другое повлияло, сейчас мы этого сказать не можем, а в больницу...

— Она боится, — киваю я в ответ на недосказанность. — Тогда нужно подождать. Но, может, Алёнушке лучше будет официально зваться, как в детстве?

Я обращаюсь к Алин, которая внимательно меня слушает. Я вижу, что она не понимает, о чём мы говорим, уделяя больше внимания молоку и хлебу. Господи, разве мог я когда-нибудь предположить, что увижу ребёнка, для которого чудо — не игрушки, не конфеты какие-нибудь экзотические, а хлеб и молоко? Она же обращается с едой, как с драгоценностью! Вот, заплакала...

— Что случилось, Алёнушка? — спрашиваю я её, старательно выговаривая непривычное имя.

— Я не могу больше... Не лезет...

Господи, да на неё смотреть жалко! Алёнушка смотрит на недоеденный кусочек хлеба и плачет, а я даже рад, что она не стала есть «через не могу», хотя, возможно, этому способствуют миксты, которые она получила в школе. Я обнимаю девочку, пока родители переглядываются, рассказываю ей о том, что хлеба у нас сколько хочешь, и «через не могу» кушать не надо.

— Нет больше нормы, хлеб никуда не пропадёт, — объясняю я ей. — Он будет всегда.

— Значит, я в волшебной стране? — тихо спрашивает меня Алёнушка сквозь слёзы. — Как малышам рассказывали? Где много хлеба, молока и нет *этих*?

— Да, доченька, — подаёт голос мама, обнимая её с другой стороны. — У нас много хлеба, молока, и наци никогда не будет.

— Совсем никогда? — удивляется она.

— Совсем! — твёрдо отвечает папа. — А вот что касается имени...

Но вот имя обсудить не получается — Алёнушка плачет. Она просто горько рыдает, будто от чего-то освобождаясь, а я обнимаю её, чувствуя, что не отдам её никому. Просто не отдам — и всё, ведь она такое чудо... Утомившееся, кстати, чудо.

Алин... или Алёнушка зевает, поэтому мама предлагает уложить это чудо в постель, что я сразу же и делаю. Затем сажусь рядом с ней и, глядя в глаза, тихо рассказываю, какое она чудо. Под мой рассказ девочка и засыпает. Я никуда не ухожу, потому что знаю о кошмарах, просто сижу рядом с ней.

— Я на службу, — сообщает папа, направляясь к выходу.

— Стоять! — командует мама с улыбкой. — Помнишь, ты мне о чудодейственной каше рассказывал? — интересуется она.

Я понимаю, что ни на какую работу папа не поедет, а будет с мамой шушукаться на кухне. Я же просто посижу рядом с Алёнушкой, буду её гладить в надежде на то, что кошмары не придут.

Всё происходящее кажется мне каким-то нереальным, как будто происходит с кем-то другим, а я — лишь зритель. Но вот сейчас, я, кажется, действительно нужен кому-то, кроме родителей. Я нужен этой кажущейся сейчас совсем маленькой девочке, не зря же она так ко мне тянется... И вот это ощущение собственной нужности неожиданно для меня наполняет жизнь смыслом.

Алёнушка выжила в условиях, где сама жизнь не стоила ничего, где могли избить, искалечить, убить просто так, где немецкая речь означала боль или смерть. Можно ли себе даже вообразить то, через что она прошла? На её руках умирали дети, её саму мучили так, что представить сложно, но она живёт. Живёт назло всем наци. Их уже нет, а она живёт, и это, по-моему, самое важное.

Вот и кошмары... Алёнушка отталкивает что-то во сне, очень жалобно скулит, да так, что из кухни выскакивают родители, а я почти ложусь на неё, убеждая в том, что этого нет. Нет больше лагеря. Нет палачей. Давно сгнили в земле кости проклятых убийц. Этого нет!

— Просыпайся, просыпайся, — бужу я задыхающуюся в своём кошмаре девочку, не видя никого и ничего вокруг. В этот момент для меня существует лишь она — отчаянно пытающийся спастись ребёнок.

— Я... я... я... — пытается что-то сказать Алёнушка, но не может, отчего сильно пугается, но я держу её в объятиях, поэтому она только приникает ко мне.

— Мама! — негромко зову я, почувствовав влагу под руками.

— Вижу, — кивает мама, быстро подходя к нам. — Держи её так и не дай осознать!

Я понимаю, почему она так говорит, поэтому просто прижимаю Алёнушку к груди, глажу и рассказываю о том, что нет наци, которых она называет *эти*, нет лагеря, никто не будет мучить и бить мою испугавшуюся во сне девочку. Видимо, что-то совсем страшное ей приснилось.

Мама показывает мне на дверь в ванную, на что я киваю. Алёнушку надо помыть, особенно после случившегося сейчас, но сделать это так, чтобы она не осознала произошедшего, потому что её реакцию я предсказать просто боюсь. Но мы справимся, обязательно, ведь иначе и быть не может.

Тринадцатая глава

АЛИН ПАРИ

Как-то странно себя ведёт Уве, намочив меня водой до раздевания. Отнеся меня в туалет, посадил вместо унитаза на биде (я уже запомнила эти названия!) и включил воду. Потом извинялся, сказал, что просто перепутал, просил не сердиться. Но разве могу я на него сердиться? Ведь он... самый добрый! А это... Наверное, просто устал, или я его пугаю своими снами. Мне и самой как-то не по себе, но я игнорирую это ощущение, потому что оно неважное.

Меня переодевают в другую одежду, при этом новая мама учит меня названиям: трусики и бельё оказываются одним и тем же, платье я знаю, а футболку — нет, а ещё, оказывается, у девочек бывают штаны, их называют джинсами.

Меня учат названиям предметов, которых я раньше не знала, их оказывается очень много, поэтому я быстро устаю, но никто не заставляет учиться. Стоит маме увидеть, что я утомилась, и обучение заканчивается, а меня сажают у телевизора (это то самое «окошко»), чтобы смотреть бегающие картинки, которые называются мультиками. При этом мне ещё обещают вкусную кашу... Интересно, разве каша может быть невкусной?

— Ты очень ослабела, — мягко произносит мама. — Поэтому тебе пока не надо ходить, но коляска тебя испугает, правда, нам в радость тебя носить.

Она права, если коляска — значит, я немощная, а это газовая камера или сразу крематорий. Мне сложно привыкнуть к тому, что их нет, как будто голова понимает, а что-то внутри меня — ещё не очень. Но Уве говорит, что всё будет хорошо, и я верю ему. Ведь он меня спас, значит, не может ошибаться. Я очень-очень верю Уве и делаю всё, что он говорит. А говорит он, что я должна не бояться, и я стараюсь.

Мне очень непросто, к тому же внутри есть какое-то неприятное ощущение, которого я не понимаю. Но мама приносит тарелку с коричневой массой, от которой пахнет незнакомой сладостью. Она говорит, что в России, откуда я появилась, это лакомство знают, а я не помню просто. Я берусь за ложку, чтобы попробовать, осторожно, потому что она может быть горячей, но мама уже позаботилась, и я теперь могу есть тёплую кашу. Очень сладкую такую... Как много сахара сразу, хотя сахар я ела лишь однажды.

Очень трудно не обнять тарелку, трудно съесть всё, к тому же отчего-то пропадает голод. Я как-то очень быстро утомляюсь, но пытаюсь съесть ещё ложечку. Она такая вкусная, такая волшебная, я не хочу уже есть, но всё-таки пробую. Уве замечает это, осторожно укладывая меня на диван.

— Каша никуда не убежит, — говорит он мне. — Её не отнимут, не заберут. Ты немного отдохнёшь и снова её поешь, хорошо?

— Хорошо, — киваю я, чувствуя головокружение.

Я не хочу верить в то, что ощущаю. Мне не очень хорошо, голова кружится, кажется, меня даже немного потряхивает. Неужели я заболела? Да нет, не может быть, ведь я не болела всё это время, заболеть сейчас будет очень нечестно... Я жить хочу! Жить! Наваливается усталость, от которой хочется спать, но я слишком боюсь умереть, поэтому стараюсь удержаться и не спать.

— Включи мультики, — прошу я Уве.

Он сразу же кивает, включая телевизор такой чёрной штукой, которая называется пульт. А я смотрю на двигающиеся фигурки, ощущая нарастающую слабость. Кажется, приходит мой последний час. Моим концом станет не крематорий... Жизнь кончается горячечным бредом.

— Отойди... — хватает у меня сил попросить Уве, я

же не могу допустить, чтобы он умер вместе со мной.

— Ты заразишься...

— Я останусь с тобой навсегда, — слышу я словно через какой-то плотный мешок и не могу поверить. Он готов разделить со мной даже это? Мой спаситель...

Затем он, кажется, зовёт маму. Но вот что происходит дальше, я воспринимаю урывками. Я просто не понимаю происходящего, потому что очень хорошо знаю своё будущее. Пройдёт день или два, станет сначала очень больно, а потом мир погаснет, отправляя меня туда, куда уже ушло столько малышей...

У меня перед глазами возникают мучившиеся последние свои часы мальчики и девочки, и я понимаю: теперь пришла и моя очередь. Так жаль, что моя новая жизнь едва только начинается, а уже надо прощаться. Но с этим ничего не поделаешь, ведь я умираю, как и многие до меня. Я знаю это очень хорошо, поэтому ловлю мамину руку, чтобы поцеловать её на прощанье.

Меня уже трясёт всю, но потом становится чуть легче, хотя я и такое видела. Это не значит, что смерть отступила, просто небольшая передышка.

В глазах плывёт, а я выдавливаю из себя слова прощания. Мне так много нужно сказать этим добрым людям, за краткий срок ставшим моей... семьёй. Но мне, наверное, уже вышел срок, и болезнь готовится забрать меня туда, где больше не будет ни лагеря, ни голода, ни *этих*. Приходит мой срок...

— Держись, держись... — слышу я голос Уве, а потом он просто ложится рядом, обнимая меня.

Он такой героический, хочет разделить со мной болезнь и, наверное, даже смерть, но это неправильно! Он должен жить! Должен! И я слабыми руками пытаюсь оттолкнуть Уве, объяснить ему, что меня уже не спасти, а он должен жить! Но он обнимает меня, а мама что-то делает — вливает мне в рот какую-то жидкость, от которой становится чуть полегче.

Начинает болеть живот, он болит всё сильнее, но я не плачу, хотя уже можно. Теперь уже не будут бить *эти*, потому что мне остаётся совсем недолго. Может быть, сегодня, а если повезёт, то завтра меня примут руки небесной команды, и мор-экспресс повезёт моё тело к крематорию, где я стану, наконец, свободной.

Прерывающийся голос Уве просит меня не умирать, но я же понимаю, что выбора нет, и обманывать себя незачем. Я рассказываю ему, что он должен жить столько, сколько получится, но Уве не слушает меня — он обнимает, как будто хочет разделить мой страх пополам, и от этого мне становится уже не так больно. По крайней мере, мне так кажется.

Перед глазами всё плывёт, я чувствую себя так, как будто меня живой затолкали в печь крематория, и теперь мне остаётся только потерпеть, потому что сначала точно будет очень больно. Я уже не могу сдерживаться, поэтому плачу от раздирающей живот боли, а жар охватывает меня всё сильнее, заставляя царапать грудь в тщетном желании вдохнуть ещё хоть немного воздуха.

Мне кажется, что я качаюсь на волнах, как будто

меня куда-то несут, затем появляется какой-то чавкающий звук, но мне почти не страшно, ведь меня обнимают руки Уве. Он решил разделить со мной мой путь... Мой спаситель хочет пойти со мной до конца, до самых железных створок печей, и я плачу от этого его решения.

УВЕ ВЕБЕР

Сначала я вижу бледность Алёнушки, затем обнаруживаю, что она какая-то слишком тёплая, а вот потом начинается сущий кошмар. Я давно так не пугался, даже и не припомню, когда в последний раз такое было. Девочка как-то очень быстро становится горячей и... начинает прощаться.

— Мама! Мама! — кричу я, не зная, что делать, а Алёнушка в это время шепчет:

— Отойди... Ты заразишься... Отойди... Смерть... Ты должен жить...

От этих её слов и от охватившего меня ужаса я весь дрожу.

— Нет! Я никогда тебя не оставлю! — почти кричу я, и тут прибегает мама.

— Мама! Она горячая, и... — я смотрю на неё со всей надеждой, которая у меня есть.

Господи, прошу тебя! Прошу, не дай остановиться этому сердцу! Возьми мою жизнь, но пусть она живёт! Я не понимаю уже, что шепчу сам, но мама просто отодвигает меня в сторону, начиная лечить

Алёнушку, а я падаю на колени перед диваном, обнимая дрожащее тело девочки, и просто не понимаю, что происходит.

Тем временем Алёнушка ловит маму за руку, целует её и... прощается. Это так страшно! Это жутко! Непереносимо просто... Я плачу с ней вместе, потому что очень боюсь за неё, а мама набирает одной рукой один-один-два, а затем вызывает и папу. Алёнушка шепчет такое, что мне просто... Невозможно это слушать!

— Ты не бойся... Теперь можно не бояться, — шепчет она, явно уже не понимая, где находится. — Придёт небесная команда, и мор-экспресс увезет меня, а ты должен жить! Живи, пожалуйста!

Я знаю эти слова! Я понимаю, что моя самая-самая, как я сейчас понимаю, девочка готовится к смерти, но я не хочу, чтобы она умирала! Она столько прошла, не может Господь забрать её сейчас! Это будет очень несправедливо...

За окном нарастают звуки сирены, кажется, и спасатели, и папа подлетают к дому одновременно. По крайней мере, входят в квартиру они вместе. Папа бросается к нам, сюда же спешат и врачи. Они пытаются оторвать меня от шепчущей девочки, но я вцепляюсь в неё что есть мочи. Не дам её забрать, не дам! В этот момент мне кажется, что доктора — это и есть та самая небесная команда, поэтому я не хочу отдавать её им. Ни за что на свете!

— Не дай Бог, она подумает, что он уже умер — не

откачаете, — говорит папа, и врачи перестают пытаться оторвать меня, а я просто плачу.

Я так боюсь за неё в этот момент, укладываясь рядом. Я обнимаю её и мешаю врачам, но не хочу отдавать Алёнушку никому. Мне так страшно не было, кажется, никогда, а она... Она благодарит меня за то, что, как она думает, я решаю разделить с ней смерть. Алёнушка рассказывает о том, как нас положат рядышком, как нам будет мягко и спокойно в стране, где нет *этих*.

Один из докторов выскакивает на улицу, откуда спустя некоторое время слышится звук садящегося вертолёта. Этот шум нельзя перепутать ни с чем, поэтому я понимаю, что помощь близко, и начинаю уговаривать Алёнушку. Я уговариваю её потерпеть немного, но тут она вскрикивает и начинает плакать уже в голос, держась за живот.

— По позе — не аппендицит, — качает головой один из докторов, а в комнату уже вкатывается специальная каталка, куда нас перекладывают обоих, уже даже и не думая расцеплять.

Да и невозможно нас уже расцепить, я ни за что не отпущу её, даже если смерть, я согласен. Ведь полсмерти — это не смерть. Главное, чтобы она жила, любой ценой жила. И доктора, кажется, понимают, потому что нас обоих поднимают в вертолёт, куда запрыгивает и папа, а мама бежит к машине, чтобы ехать в больницу. Миг — и вертолёт, кромсая лопастями воздух, взлетает.

Я прижимаю к себе Алёнку, а доктор разворачивает её боком, зачем-то стукнув по спине, отчего она болезненно вскрикивает. Я уже готов кинуться на него, и будь что будет, но меня останавливает папа, а врач в это время что-то набирает в шприц. Я понимаю, что он сейчас будет делать больно Алёнушке, но это «больно» — надо, чтобы она жила. Доктор, вопреки моим ожиданиям, не делает укол, он просто добавляет лекарство в капельницу.

— Сейчас жар спадёт, — объясняет он папе. — Нефрит у девочки, бывает и такой дебют. Не была бы такой худой, почти истощённой, и ваши методы помогли бы.

Я немного успокаиваюсь — раз доктор знает, что происходит, значит, он может спасти Алёнушку, не позволить ей умереть? Я очень-очень на это надеюсь, став как будто намного младше в эти минуты. Я не хочу её терять! Ни за что на свете я не соглашусь потерять эту девочку.

Пожалуй, только сейчас я осознаю, какой важной она стала для меня всего за несколько дней. Когда это случилось, почему? Это не имеет значения, мне просто очень-очень важно знать, что она будет жить. Почему-то я совсем забываю о том, что прошло больше полувека, что нет лагеря, в котором Алёнушка была бы обречена, что вокруг — желающие спасти её люди. Мне очень страшно.

Вертолёт идёт на посадку, моя девочка засыпает, при этом я чуть не теряю сознание от ужаса — мне кажется, что она умерла. Но папа очень хорошо понимает мои чувства, не знаю, правда, каким образом, и успокаивает меня всего одним словом. Я же дрожу от пережитого ужаса, что очень хорошо видит доктор, чуть ли не насильно вливая мне в рот что-то горько-мятное, отчего мне кажется, что я и сам сейчас умру.

— Сильно мальчик переживает, — замечает врач.

— Дети очень привязаны друг к другу, — откликается папа, — как бы у него сердце от таких стрессов…

— Проверят, — отвечает ему доктор экстренной медицины и, будто вторя ему, вертолёт приземляется.

Расходятся в стороны двери, Алёнушку и меня выдёргивают из чрева воздушной машины, чтобы затем очень быстро перегрузить на каталку. Нас везут куда-то внутрь почти бегом, а я обнимаю свою девочку, слыша её мерное дыхание, и изо всех сил надеюсь. Я надеюсь на то, что она выживет, моля Господа не допустить её гибели. Я глажу её и шепчу, что всё будет хорошо, она выздоровеет обязательно.

Завезя каталку в палату, врачи почему-то даже не пытаются нас разделить. Одни уходят, другие приходят, разговаривая очень ласково, будто не желая напугать ещё сильнее, но куда уж сильнее! Я же только представил, что Алёнушка умрёт, и сам чуть не умер.

— Разрешишь нам взять кровь? — интересуется медсестра.

— Хорошо, — киваю я, но, вспомнив экскурсию, добавляю: — Если у вас получится.

— Думаю, получится, — тяжело вздыхает она, покачав головой.

У неё получается взять кровь и у Алёнушки, и у меня. Затем приходит ещё незнакомый мне доктор, проверяет мою девочку, потом что-то делает со мной, на что я совсем не реагирую — мне важна она, только она одна, и всё. Только бы Алёнушка жила, только бы жила...

Четырнадцатая глава

АЛИН ПАРИ

Я медленно прихожу в себя, ощущая просто жуткую слабость. Даже, наверное, пошевелиться не могу, как будто что-то придавило меня. С большим трудом открыв глаза, я слышу тихое пиликанье и понимаю, что нахожусь в ривьере. Здесь необычайно тихо, как будто выжила только я одна. Но как же Уве? Жив ли он? Спасли ли его?

Я слышу чьё-то дыхание рядом и, с трудом повернув голову, вижу его — самого родного человека на свете. Уве спит, положив свою руку мне на грудь, как будто защищает от всего на свете. Он точно опять спас меня, не дав забрать небесной команде, я искренне верю в это сейчас. Я рассматриваю его лицо — чуть приоткрытые губы, прямой нос, сошедшиеся над переносицей брови и взлохмаченные волосы. Он такой милый сейчас, такой близкий, родной, что я не удерживаю всхлип, а Уве, не просыпаясь, начинает гладить меня.

— Всё хорошо, родная, — шепчут его губы. — Нет лагеря, нет наци, тебя спасли...

Ой... Он меня успокаивает, не просыпаясь! Значит, он это делал всё время, пока меня тут не было, не отдал никому, а был рядом. Я не знаю, как назвать то, что я сейчас чувствую, но без Уве я жить не согласна. Без этого юноши я... меня пусть не будет!

Погрузившись в свои мысли, я не замечаю, как в ривьере появляется какая-то женщина, совсем непохожая на *этих*. На ней свободный зелёный костюм, а не белый халат или униформа, а ещё она мне улыбается. Не фальшиво, а как-то открыто, искренне, как будто я ей чем-то близка. *Эти* так улыбаться не умеют, я точно знаю. Значит, она не из *них,* и можно не бояться.

— Проснулась? — интересуется незнакомая женщина. — Меня зовут Марта, я буду за вами присматривать. Твой рыцарь ни за что не согласился с тобой расставаться...

— Я тоже... не соглашусь... — негромко отвечаю я, не зная, что делать дальше.

— Доктор, — продолжает Марта, — оставил назначения для тебя и для твоего рыцаря, конечно, раз он так за тебя испугался. Поэтому сейчас будем завтракать, а потом лечиться. Согласна?

Меня это сильно удивляет, ну, то, что Марта спрашивает моего согласия. Не просто ставит в известность, а интересуется, согласна ли я. Это так необычно, что у меня даже получается немного улыбнуться. Я, конечно же, со всем соглашаюсь, во-первых, чтобы не злить, а во-вторых, ей же виднее, правильно? Марта кивает и куда-то уходит, а рядом со мной медленно просыпается Уве, и наблюдать за этим как-то очень волнительно.

— Жива... — шепчет мой самый важный на свете человек. — Господи, жива...

Он обнимает меня так бережно, нежно, как будто я... У меня и сравнения нет, чтобы описать этот его жест. Но от тепла его рук я будто таю, не в состоянии ничего сделать, потому что мне просто тепло и как-то очень радостно внутри. Уве остался со мной, когда я заболела, хотя мог заразиться и умереть, но он решил разделить со мной то, что мне предстояло, и, кажется, спас меня ещё раз, просто не отпустив туда, куда увозит мор-экспресс. Осознавать это просто необыкновенно, он будто святой, как их описывала та самая, убитая *этими* женщина.

— Нас сейчас покормят, — сообщаю я ему самую важную, по моему мнению, информацию. — Пайку, наверное, принесут и...

— Больше не будет пайки... — отвечает он мне. — Не будет голода, лагеря, надзирателей, злых собак... И крематория не будет. Всё это закончилось раз и навсегда.

— Хорошо, как скажешь, — сразу же соглашаюсь я, чтобы он не беспокоился.

Мне и так трудно — ждать, когда принесут еду, и не стараться первой увидеть, чтобы успеть схватить и для себя, и для малышей, ведь они совершенно беспомощные, а кушать хочется всем. Именно поэтому мне сейчас очень-очень трудно — я ослабела, и вырвать кусочек хлеба у любящих поиздеваться пипли не выйдет, отчего мне очень страшно остаться голодной.

Но тут открывается дверь, в ривьеру входит Марта и ещё одна женщина, выглядящая моложе, но одетая так же. Они несут по подносу, на которых что-то, чего я не вижу.

— Сейчас мы вас приподнимем и покормим, — сообщает Марта, приблизившись. — У девочки после лихорадки слабость большая, а мальчик так испереживался, что ему тоже невесело. Поэтому мы сейчас вас покормим...

На тарелках под крышками обнаруживается очень вкусная каша. Не такая, как дома, но всё равно вкусная. Дома каша была коричневой, я помню, а тут — белая, наверное, поэтому она кажется не такой. Изголовье нашей с Уве кровати поднимается, усаживая нас, а затем Марта и её помощница действительно начинают кормить с ложечки и меня, и Уве. Это так странно, но вместе с тем и немного страшно, потому что, получается, я от них полностью завишу.

Когда меня кормил Уве, было не так, потому что я верю ему полностью и знаю: он никогда ничего плохого мне не сделает, а этих женщин я впервые вижу. А вдруг они заберут еду, лишь подразнив? От одной только этой мысли становится страшно, но Уве гладит меня, и я расслабляюсь. Он будто чувствует, что я думаю, не позволяя мне пугаться, отчего на душе опять становится тепло. Необыкновенный он!

Марта замечает, что я нервничаю, и только вздыхает, а почему — непонятно. Тем не менее она кормит меня аккуратно, а ещё, докормив, показывает тарелку, что меня удивляет. Затем женщина выдаёт мне кусочек хлеба, совсем небольшой, который я прячу за щеку, начав рассасывать.

— Что это? — удивляется вторая женщина, на что Марта снова вздыхает.

— Это её десерт, Берта, — отвечает ей покормившая меня. — Лучше всех сладостей на свете... Не думала я, что увижу такое.

Уве тоже получает кусочек хлеба, но не ест его, а... вкладывает в мою руку, отчего я чуть не плачу. Он отрывает от себя, отдавая мне хлеб. Хлеб! Это... Это... Это невыразимо просто, но у меня нет слов для описания его поступка, ведь это же хлеб! Я, сделав усилие над собой, хочу ему вернуть, но Уве только качает головой, улыбаясь мне очень ласково, а названная Бертой женщина смотрит, широко раскрыв глаза. Она будто и не верит в то, что видит... Я бы тоже не поверила на её месте, ведь Уве отдал мне свою пайку...

Он какой-то сказочный, таких людей не бывает

просто. Уве просто взял и отдал мне свою пайку, хотя мог бы съесть сам, ведь это же его! А он... Я прижимаюсь к своему самому близкому человеку на свете, понимая, что именно он для меня и ради меня делает. Это невозможно рассказать, это можно только чувствовать. И я... я просто счастлива впервые в жизни оттого, что у меня есть Уве. И я есть у него. Навсегда-навсегда!

УВЕ ВЕБЕР

Меня пытаются уговорить, успокоить, но всё тщетно. Я представляю, что Аленушка умирает, и паника накрывает меня с головой. Почти мимо моего внимания проходит и тихий скандал, погашенный папой. Это когда врачи увидели татуировку и состояние девочки и чуть полицию не вызвали. Но я не вникаю в папины объяснения, потому что нахожусь в палате с Алёнкой, которая в бреду говорит очень страшные вещи.

Я будто забываю, какой у нас нынче на дворе век и год, для меня существует только моя Алёнушка, которую нужно спасти. Спасти во что бы то ни стало, и доктора понимают это. Папа, как я догадываюсь, объяснил им, в чём дело, потому что меня не пытаются оттащить.

— Чего ты так боишься? — спрашивает меня какой-то доктор в фиолетовом костюме.

— Что её заберёт небесная команда, — повторяю я слова Алёнушки. Врач хмурится и отходит к отцу.

— Герр Вебер, — обращается он к папе, — что такое «небесная команда»?

— Так могильщиков называли когда-то, — объясняет отец, вздыхая.

Ко мне подходит женщина, я понимаю, что это медицинская сестра, поэтому спокойно отношусь к ней, но она коварно отвлекает меня разговорами так, что укол я чувствую слишком поздно. Мир гаснет, и я погружаюсь в темноту, искренне желая лишь одного — чтобы Алёнушка жила.

Когда она стала для меня такой важной? Когда лежала почти в беспамятстве, и я думал, что она умирает? Или же раньше? Не знаю, вот только сейчас эта девочка со сложным, но очень ласковым именем для меня очень много значит. Как она говорила о мор-экспрессе, как она рассказывала о свободе... через трубу крематория... Не позволю, чтобы с ней что-то случилось, не позволю!

Я открываю глаза, чтобы встретить взгляд таких живых глаз самой близкой, как оказалось, девочки на свете. Господи, спасибо тебе! Она жива, дышит, с ней ничего не случилось, Господи... Я просто счастлив от этого, сильно всё-таки за неё переволновавшись. Я верю врачам, знаю, что папа настоял на самой лучшей клинике, не зря же вертолёт так долго летел, но... Так страшно мне ещё никогда не было.

Алёнушка и сама рада тому, что жива. Об этом она

не только говорит, она демонстрирует это всем телом, что не может не радовать. Я обнимаю её, прижимая к себе, насколько это возможно. И вот в этот самый момент в палату входит женщина в медицинском костюме. На груди её — бейдж, где указано имя, но я смотрю только на его цвет — это не врач, а медсестра, то есть спрашивать бессмысленно.

— Сейчас мы вас приподнимем и покормим, — сообщает она, приблизившись. — У девочки после лихорадки слабость большая, а мальчик так испереживался, что ему тоже невесело. Поэтому мы сейчас вас покормим...

Только сейчас я замечаю молодую девушку, идущую за ней. Девушка тоже в медицинском костюме, значит, тоже медицинская сестра. Она смотрит на нас обоих настолько удивлённо, что меня тянет улыбнуться. Но вместе с тем я ещё ощущаю слабость, не понимая её причин. Впрочем, мы сейчас в больнице, а не в Алёнином кошмаре, поэтому можно не бояться своего состояния.

Я начал называть девочку так, как её назвали при рождении, хоть и вижу, что разницы для неё пока что нет. Что-то отзывается в её глазах, когда я называю её Алёнушкой, а на имя Алин вообще нет никакой реакции, именно поэтому мне нравится её так звать.

Нас кормят манной кашей, что ни о чём не говорит, потому что еда более-менее стандартная, ну а потом Алёнушке показывают пустую тарелку, и я понимаю — папа подумал обо всём. Видимо, нам не положено много есть, тогда непонятно, что у Алёнушки, потому что я уже наелся. Марта, так зовут медсестру, судя по бейджу, вручает нам с Алёнкой по небольшому кусочку хлеба. Так как я уже вполне наелся, то отдаю свой Алёнушке, не сразу сообразив, что это для неё значит.

Стоит мне услышать всхлип, как я сразу же разворачиваюсь к моей дорогой девочке, чтобы обнять её, и только в этот момент до меня доходит. Хлеб у них там был часто единственной едой, а я просто отдал ей, как она это воспримет? Как бы я сам воспринял такое? Хотя, понятно как, судя по её глазам, полным слёз.

Я прижимаю Алёнушку к себе, чтобы успокоить её, погладить, но молчу, чтобы не сделать ещё хуже. Понимаю, что нужно быть осторожнее со словами, потому что Алёнушка же всего боится, не дай Господь, подумает о чём-то для себя опасном. Поэтому я просто обнимаю её, и всё.

Сейчас будут таблетки, вряд ли решатся делать уколы, поэтому нужно будет уговорить мою девочку, чтобы она не подумала, что это яд. Я совершенно не понимаю, как доктора будут убеждать Алёнушку, что это не яд, а, наоборот, лекарство. Я даже и слов таких не знаю... Медсёстры пока забирают подносы и уходят, оставляя нас вдвоём.

— Странно... — раздумывает вслух Алёнушка. — Какие-то добрые все, как будто и не *эти*.

— Здесь нет *этих*, — сообщаю я ей. — Это специальная больница, в которой совершенно точно нет *этих*, папа гарантирует!

— Наверное, поэтому мы выжили! — согласно кивает девочка, совсем иначе глядя вокруг. — Значит, нас будут лечить, чтобы *эти* не могли убить...

— Сейчас принесут лекарства, — продолжаю я. — Они могут быть невкусными, но это для того, чтобы ты выздоровела и совсем не была больной.

— Папа — волшебник, — уверенно говорит Алёнушка. — А ты — мой спаситель.

Я никак не комментирую сказанное ею, только глажу по голове, что моей девочке очень нравится. Я глажу её, понимая, что у нас впереди ещё много шагов к спокойной жизнь без кошмаров, потому что лагерь всё ещё живёт где-то в голове Алёнушки. Мне нужно сделать многое, чтобы он исчез, пропал из памяти моей дорогой девочки. Нужно будет папу спросить...

— Здравствуйте, — входит в палату врач, предварительно постучавшись и тем самым сильно удивив Алёнушку. — Я пришёл вам рассказать о том, что произошло и что теперь будет.

Прижав к себе девочку, я готовлюсь слушать, а она укладывает голову мне на плечо и, кажется, даже прижмуривает глаза. Доктор смотрит на эту сцену, вздыхая, но затем начинает свои объяснения.

— У девочки заболели почки, — произносит он. — В этом нет ничего страшного, все проблемы мы погасили, теперь нужно только себя поберечь. Вовремя кушать, придерживаться диеты и режима питья. У

 ВЛАДАРГ ДЕЛЬСАТ

мальчика от страха немного плохо повело себя сердце, но это мы тоже решим. У вас сейчас будут медикаменты...

Он ещё долго объясняет нам обоим, что изменилось. Говорит о режиме дня, о необходимости Алёнушке набрать вес, следить за режимом питья и быть очень внимательными со стрессами. Но для меня это значит только одно — моя ставшая очень дорогой девочка не умрёт.

Пятнадцатая глава

АЛИН ПАРИ

Больница, в которой нет *этих*, совершенно чудесная. Я ещё некоторое время пугаюсь, а потом привыкаю — к обследованиям, таблеткам, внимательным докторам и медсёстрам. Я теперь знаю, как они называются, вот. Рядом со мной Уве, всегда-всегда, он заботится и ухаживает за мной, отчего мне всё чаще хочется улыбаться и даже иногда получается уже. Нас не разлучают, даже не заговаривают об этом, что меня поначалу удивляет, потому что я вижу удивление на лицах незнакомых людей.

К нам приходит доктор в фиолетовом костюме и просто разговаривает, но мне после этого становится не так страшно. Хотя страшные сны, конечно, приходят, но, когда меня обнимает Уве, то всё реже. Почему так происходит, я не знаю. Наверное, потому что он однажды спас меня и спасает теперь каждый день.

Дядечка в фиолетовом хочет, чтобы я не пугалась коляски, потому что у меня ещё слабые кости, и ходить мне не надо. Почему, правда, я не понимаю, но Уве кивает, поэтому я соглашаюсь, раз это временно и крематория не будет. Мне твёрдо обещают, что его не будет, и я им верю. Здесь почему-то нет *этих*, и Уве ещё говорит, что от *этих* нас защитят, потому что быть *этими* уже нельзя. Ну, это как быть евреем в лагере, если жёлтая звезда — то «газовка» сразу. Звучит как сказка, я даже и не знаю, верить ли...

— Сегодня мы вас выпишем, — говорит доктор, который меня лечит.

Он и Уве лечит, потому что у моего самого близкого мальчика расшалилось сердце — он очень сильно за меня испугался, но я не думаю уже, что виновата, потому что меня убедили, что это совсем не так. Я сначала себя винила, но потом как-то перестала, хотя не очень поняла, как это сделали.

— Значит... Мы домой поедем? — интересуюсь я.

— Мы домой поедем, доченька, — слышу я мамин голос сзади и, взвизгнув, пытаюсь развернуться с коляской к ней, но пока не выходит ещё, поэтому меня разворачивает Уве, чтобы я могла обнять эту необыкновенную женщину.

И она, и папа, и Уве — все они какие-то невероятные, невозможные, но очень заботливые и тёплые. Я им доверяю и ни за что не хочу огорчать. Ведь они защищают меня от *этих*. А ещё они меня обнимают и... все трое, как мама. Я не знаю, как такое отношение называется. Меня учат словам, но этому ещё не учили, поэтому и не знаю.

Без Уве я просто жить не согласна. И он без меня, кажется, тоже, а почему — я не знаю... Впрочем, и задумываться не хочу, это же Уве! Он первый отнял у меня номер, оставшийся теперь только на руке. Но это не страшно, потому что я знаю, что номера теперь у меня нет, а есть имя. Как у Уве, как у всех здесь. Не номер, а имя!

Мама, пообнимав меня, завозит обратно в палату — так здесь называется комната, где мы лежим. Не ривьера, а палата. К новым словам привыкать сложнее, но они какие-то тёплые. Я знаю уже, что доктора тут — не *эти*, потому что они в зелёном, розовом и фиолетовом. А *чёрных* совсем нет, как будто кто-то взял и просто стёр их, и теперь их нет...

— Доченька, нам нужно сделать ещё кое-что, — говорит мне мама, доставая из сумочки какое-то странно выглядящее кольцо. — Герр Шлоссер передал это для тебя, поэтому мы сейчас попробуем кое-что сделать.

— Убрать номер? — сразу же спрашивает мой Уве. — А почему в больнице?

— А потому, сынок, — улыбается мама и что-то нажимает на кольце, сверяясь с бумажкой, которую она тоже из сумочки достала, — что наша девочка может разволноваться, а в больнице врачи, понимаешь?

— Ой... — отвечает мой самый-самый, сразу же покраснев.

Это он смущается, я уже знаю. А мама в это время берёт мою руку — ну, ту, с номером — и надевает на неё кольцо, которое сразу загорается мягким зелёным светом. Эта чудесная женщина ведёт кольцом вдоль руки, и я застываю, в первый момент забывая даже, как дышать. Цифры под светом странного кольца медленно бледнеют и исчезают одна за другой. Я смотрю на это чудо и плачу, просто плачу, не сдерживаясь, потому что мамочка стирает номер с моей руки.

Спустя несколько минут я с недоверием ощупываю абсолютно чистую левую руку, не понимая, как такое возможно, но не верить своим глазам у меня нет повода. Уве, увидев, что произошло, обнимает меня и, кажется, плачет вместе со мной. Теперь, если я даже и встречу *этих*, они меня не узнают, потому что номера больше нет! Получается, я свободна?

— Значит, я свободна от *этих*? — спрашиваю я вытирающую слёзы мамочку.

— Ты свободна, — подтверждает она, укладывая кольцо обратно в сумочку.

Этот необычный предмет, оказывается, пополам складывается, но я уже не удивляюсь, а чувствую всеобъемлющее счастье — я свободна! Больше не будет баланды, «газовки» и крематория, не будут плакать, умирая, малыши, не будет страшных дней и изматывающего страха...

— Вот теперь мы можем ехать домой, — улыбается мама, помогая мне переодеться.

В коляске мне надо пробыть, пока не окрепну и не восстановится что-то в организме. Ну, и ещё теперь у меня диета, потому что почки. Почему они заболели, я не знаю, но хорошо, что не в лагере, потому что там бы я точно умерла, а здесь меня Уве спас. И мама с папой, и врачи, которые не *эти*, а как я... И тот доктор в фиолетовом мне долго рассказывал, почему я — не животное, а человек, но не как *эти*, а настоящий, потому что *эти* как раз — звери. Мамочка и папочка подтвердили, и даже Уве тоже, значит, это правда.

Теперь меня катит мама к выходу, а я держу за руку идущего рядом Уве — своего самого-самого, потому что немного страшно от обилия людей вокруг. Но у меня нет больше номера, значит, они не страшные? Или здесь все не страшные? Мне трудно это понять, кажется, стоит только расслабиться — и с противным свистом придёт боль. Ещё мне не очень понятно, почему в лагере я с трудом понимала немецкий, а здесь спокойно говорю.

— Мама, — зову я, пока она меня везёт.

— Что, маленькая? — наклоняется ко мне мамочка, остановившись.

— Вот в лагере я почему-то плохо понимала немецкий, а здесь — хорошо, — рассказываю ей, что меня беспокоит. — А почему так?

— Потому что, доченька, — улыбается эта чудесная женщина, — существует множество диалектов, но даже литературный язык изменился за столько лет. Это были другие немцы, и говорили они на другом немецком, понимаешь?

— Другие немцы... — тяну я, задумываясь.

Ну, правильно, если *эти* — другие немцы, то те, которые здесь, — не *эти*, ведь они говорят так, что я понимаю. Значит, если я не понимаю кого-то, то он может быть *этим*. Значит, у меня есть возможность определить... так же, как *эти* нас определяли по винкелю.

УВЕ ВЕБЕР

Очень много времени с нами занимается больничный психолог, его выдаёт цвет одежды — фиолетовый. Больше всего с Алёнушкой, конечно, но и меня не забывает, потому что я беспокоюсь о ней чуть ли не до паники, и это заметно. Если сейчас с этим пока ничего делать не надо, то что будет в школе? Нам, конечно, дали отпуск от очного посещения, но, скорей всего, будут заочные занятия, чтобы подтянуть Алёнушку на уровень её возраста. Ну и мне не забыть всё, уже изученное.

Поэтому нас не только лечат обоих — ведь я чуть

не умер от страха за неё — но и много разговаривают, стремясь хоть как-нибудь успокоить. Это, конечно же, непросто, хоть многое и удаётся, особенно теперь, когда Алёнушка немного успокоилась. Всё произошедшее сейчас выглядит чудом, хотя именно чудом не является, но мне даже кажется, что за прошедшее время мы с ней стали единым целым. Интересно, это мне только кажется?

Заболела Алёнушка внезапно, это напугало и её, и меня, но доктора объяснили мне, что ничего страшного не происходит, современная медицина отлично умеет лечить пиелонефрит, поэтому бояться нечего. Вот только успокоиться удалось, конечно, далеко не сразу, всё-таки тяжело это, когда родной человек прощается. Но теперь всё позади, у Аленушки есть диета, лекарства, она скоро окрепнет и сможет двигаться без коляски. Пока же её усадили потому, что кости ломкие, могут сломаться, а в лагере это была верная смерть, вот и не хотят дополнительно мучить и пугать мою хорошую. Я не понимаю этого объяснения, ведь коляска ещё хуже, но правы оказываются врачи — Алёнушка очень легко принимает своё временное средство передвижения.

Сегодня нас выписывают, а это значит, что мы поедем домой. Я очень рад этому, потому что не так страшно будет за мою самую дорогую девочку. Что там будет с уроками, мы потом узнаем, а сейчас... Ой... Мама встречалась с герром Шлоссером, получается.

Она вынимает какой-то артефакт, активируя его точно так же, как нам на уроках показывали. Значит, заместитель ректора нашёл возможность стереть номер с руки Алёнушки, что уже очень-очень хорошая новость, просто прекрасная, как по мне.

Проводя кольцом так, чтобы руки касалось только излучение, мама добивается исчезновения жутких цифр, что заставляет Алёнушку плакать, ну и меня тоже. Я даже, оказывается, не понимал, какое освобождение для нас с ней означает исчезновение этого страшного номера. Мне становится намного спокойнее от этого, как будто я воспринимаю часть эмоций своей девочки. Интересно, такое возможно? Надо будет спросить кого-нибудь... наверное, колдунов, потому что обычно об этом в таком ключе не говорят. А раз не говорят, то это не встречается в обычной жизни. По-моему, логично.

Сборы домой происходят как-то очень быстро, буквально молниеносно, поэтому я и сам не замечаю, как оказываюсь в машине. Моя девочка очень худенькая и какая-то маленькая, поэтому её сажают в детское кресло, как и в прошлый раз. Хотя именно в прошлый раз я об этом не подумал, очень естественной мне такая посадка показалась. Вот и сейчас нас усадили рядом, при этом меня — совсем рядом с моей Алёнушкой, потому что уже привыкли за это время, что мы всегда вместе. И автомобиль двинулся.

Наверное, странно, что мы как-то так вдруг раз — и не можем жить друг без друга, но для меня это нормально, для Алёнушки, кажется, тоже, значит... значит, незачем и задумываться. Иногда возникает ощущение, что я стал младше от всего произошедшего. Да и то, если подумать, это логично — я и десятой доли того, что перенесла Алёнушка, не пережил.

— Смотри, дорога, по которой мы едем, называется автобан, — объясняю я девочке. — По ней можно ехать очень быстро, а по обычным дорогам так быстро нельзя.

— Значит, если далеко, то нужно по этой дороге ехать? — интересуется Алёнушка и улыбается, увидев мой кивок. — Здорово!

На экране мелькают мультфильмы, но сегодня моей девочке намного интереснее смотреть по сторонам и задавать тысячу вопросов. Она — как маленькая, и такое количество «Что это?» да «Почему?», конечно, утомляет. Но не меня, потому что я понимаю — она просто не знает всего этого, поэтому надо быть терпеливым. Да и нет у меня выбора, ведь обидеть её для меня немыслимо.

Мы едем второй час, Алёнушка начинает проявлять беспокойство. Сначала я не понимаю, почему, а затем смотрю на часы — в это время нас обычно кормят.

— Мама! — зову я. — Нас кормить пора, у тебя нет хлеба для Алёнушки? — у меня уже получается правильно произносить её имя.

— Сейчас мы вас покормим, — кивает мама, переглянувшись с папой.

Автомобиль почти сразу перестраивается в правый ряд. Я понимаю — папа ищет парковку, на которой есть и ресторан, ведь фаст-фуд Алёнушке нельзя ещё пока, ну и мне, конечно, тоже. Папа даже, кажется, чуть-чуть ускоряется, а моя девочка шепчет мне о том, что потерпит. Нельзя ей терпеть, нам об этом доктор не раз говорил, поэтому я просто глажу её, чтобы хоть немного успокоить.

Голод, оставшийся в голове, как мне рассказал доктор, никуда не делся ещё, кроме того, мы привыкли есть в одно и то же время, поэтому Аленушка и беспокоится. Ей бы сейчас хотя бы кусочек хлеба, но я не подумал взять с собой, за что сильно себя ругаю сейчас. Мама смотрит на какой-то указатель, вздыхает и открывает бардачок — я по звуку слышу. Чем-то прошуршав, она протягивает мне небольшой кусочек хлеба, сразу же переданный моментально успокоившейся девочке.

Я понимаю — до парковки с рестораном далеко, поэтому запасшаяся хлебом мама и выдаёт Аленушке этот кусочек, чтобы моя родная девочка не плакала. Видимо, мамочка просто по привычке не хотела, чтобы мы портили себе аппетит, но потом вспомнила.

Алёнушка успокаивается, посасывая кусочек хлеба, а я просто не представляю себе, что она сейчас чувствует. Смогу ли я хоть когда-нибудь осознать, что для неё значит этот хлеб? Вот головой понимаю, но в душе — не очень... Наверное, чтобы полностью это почувствовать, надо пройти её путь. Хорошо, что это невозможно, просто очень хорошо, по-моему.

Я бы, наверное, не пережил всего того, что перенесла Алёнушка, она настоящая героиня, недаром ещё в Грасвангтале к ней так отнеслись. Она — моя героиня...

Шестнадцатая глава

АЛИН ПАРИ

Хлебушек привычно помогает, заглушая голод, отчего мне становится спокойнее на душе. Папа в это время поворачивает куда-то, я понимаю это, увидев, что мы замедляемся. Уве говорит, что нас сейчас покормят, отчего в моей душе поднимается беспокойство. Я уже не такая голодная, как в лагере, но почему-то стоит услышать о еде, и я снова беспокоюсь, в страхе пропустить или лишиться баланды.

Автомобиль останавливается, Уве выскакивает наружу, чтобы помочь меня пересадить. Я — послушная девочка, поэтому сама сделать это не пробую. Меня аккуратно пересаживают в коляску, давая оглядеться, за что я благодарна.

Мы стоим возле машины в месте, напоминающем аппельплац, но сплошь заставленном автомобилями разных видов и цветов. Неподалёку я замечаю полностью стеклянное здание с надписью «Ресторан», ну и множество людей вокруг себя — не таких, как *эти*, но и не таких, как мы были на аппельплаце. Мама везёт меня в сторону этого стеклянного дома, а Уве идёт рядышком, поглаживая меня то по плечу, то по голове. Наверное, он опасается, что я испугаюсь, но я не боюсь, потому что вокруг нет *этих*.

Двери разъезжаются сами, что меня уже не удивляет, потому что в ривьере... ну, в больнице такие же. Внутри столы, стулья и даже диваны, всё тёмно-коричневого цвета. Мы подходим к одному из столов, и мама просто паркует мою коляску так, чтобы мне было удобно, а Уве сразу же занимает стул рядом.

Подошедший к нам мужчина сначала пугает, потому что он в белом, но мама сразу же гладит меня, отчего я успокаиваюсь и только вздыхаю. И вот этот мужчина, называющийся, как Уве говорит, официантом, кладёт перед каждым из нас какую-то папку тоже коричневого цвета. Увидев, что Уве открывает свою, я повторяю за ним, не понимая, впрочем, что делать дальше. Передо мной лист желтоватой бумаги, покрытый строчками смутно знакомых закорючек. Что это?

— Что это? — спрашиваю Уве, рассматривая закорючки. Похожие были на стене барака, по-моему, и от этого воспоминания снова просыпается страх.

— Это меню, — объясняет он мне. — Тут написано,

какие есть блюда, что в них входит, просто почитай и посмотри, чего тебе хочется.

— Написано? — удивляюсь я, пытаясь понять, что это такое.

Наверное, это что-то, хорошо известное всем. И я тоже должна это знать, но я ничего не понимаю, значит, это плохо. Мне становится очень страшно, я даже зажмуриваюсь, стараясь напомнить себе, что бить не будут, ведь рядом Уве, он меня защитит, но ничего не помогает. Страшно так, что хочется просто спрятаться, и я невольно сжимаюсь.

— Что случилось? — слышу я голос моего мальчика будто сквозь мешок. — Не понимаешь названия?

— Я... н-не мо-могу... — даже ответить не получается, потому что меня уже всю трясёт от волны страха и ожидания боли.

— Тише, маленькая, тише, — он чуть коляску не переворачивает, обнимая меня так, чтобы закрыть от всех. И страх уменьшается, ведь это же Уве, он меня спасёт!

—Папа?! — зовёт он, и я слышу тревогу и призыв о помощи в его голосе, а спустя мгновение чувствую руки мамы, обнимающие нас обоих. Мама обнимает очень мягко и ласково, а папа — будто каменная скала, сразу же отрезая от всех возможных бед. И вот сейчас нас обнимают мамины руки, отчего мой страх становится ещё меньше, потому что *этих* тут нет, а Уве защищает.

— Да, об этом мы не подумали... — слышу я

спокойный папин голос. — Алёна потеряла память обо всём, что было до лагеря, сын. Что это значит?

— Она забыла, как читать нужно! — понимает мой самый-самый мальчик. — Алёнушка, не плачь, в этом нет ничего страшного, мы научимся читать!

Папа что-то говорит официанту, пока меня успокаивают и мама, и Уве, а я не знаю даже, что сказать. Получается, что меня не накажут за то, что я чего-то простого не знаю, потому что Уве никогда не сделает этого, а родители, видимо, тоже. Что теперь будет? Я не понимаю, но доверяюсь теплу мамочки, с надеждой на то, что я... что меня за это не выкинут обратно в лагерь. Я знаю, что нет, потому что верю Уве, но сердце почему-то боится, и я не знаю, что делать.

Уве пересаживает меня к себе на колени, прижав к груди. Я вижу только его рубашку, отчего мне становится совсем спокойно, ведь это же он. Он меня спас из лагеря, не даль смерти забрать, когда я заболела, и сейчас защищает от всего на свете, поэтому можно расслабиться. Но расслабляться мне трудно, потому что я всё ещё дрожу. И заикаюсь опять...

Услышав звук расставляемой посуды, я оборачиваюсь, чтобы увидеть тарелку, на которой лежит что-то непонятное, похожее на длинных желтоватых червей. Люди это едят? Или это наказание мне за то, что я не знаю, как «прочитать»? Мне страшно это даже пробовать, поэтому я отворачиваюсь и закрываю глаза.

— Что случилось? — мягко интересуется Уве.

— Я червей боюсь, — честно отвечаю я, прижавшись к нему. — Вдруг они будут меня изнутри есть?

— Это не черви, — он как-то сразу понимает, о чём я говорю. — Это паста, она, как хлеб, но варёная, понимаешь?

— Они не будут меня есть? — уточняю я, понимая, что ещё многого не знаю.

— Они не настоящие, — вздыхает мой самый-самый мальчик, всё ещё держа меня на коленях. — Давай попробуем? — предлагает он.

Мне страшно, но ещё страшнее остаться голодной, поэтому я осторожно киваю, чтобы не рассердить Уве. Я не знаю, что будет, если его рассердить, но ни за что не хочу этого делать, просто совсем, а он... Мой самый-самый мальчик гладит меня по голове, затем берёт в руки... обломанную ложку, она называется вилка. Он накручивает этих червей на неё и отправляет в рот. Тут я вижу, что если это и черви, то неправильные, значит, их не нужно бояться, потому что грызть меня изнутри им просто нечем.

Сделав этот вывод, я с готовностью открываю рот, чтобы и самой попробовать эту странную еду. Улыбающийся Уве подносит к моему рту накрученных на вилку не-червей, и я кусаю так же, как сделал он. Вроде бы вкусно, и нет привкуса плесени. Значит, можно есть, чем я и занимаюсь. Этот процесс меня увлекает так, что непорядок я замечаю не сразу, остановив Уве.

— А почему ты не ешь? — поражённо спрашиваю его.

— Сначала надо накормить тебя, — отвечает мне мальчик, без которого я не согласна жить.

От этого его ответа я чувствую, что сейчас заплачу. Ведь это невозможно даже описать — он начнёт есть только после того, как накормит меня! Уве волшебный, просто чудо...

УВЕ ВЕБЕР

Алёнушка после обеда и всех потрясений заснула у меня на руках. Папа нарушает правила, ведь в автомобиле положено сидеть, а не лежать, но он говорит, что ей это сейчас необходимо, поэтому пусть. Я обнимаю её, раздумывая о том, чему стал свидетелем. Мы ведь действительно о многом не подумали, особенно я не подумал, потому что видно же было...

Моя дорогая девочка забыла о том, что было до лагеря, то есть читать, писать, считать, да разве только это? Она забыла весь курс начальной школы и немного средней, как же она учиться будет? А ещё её очень пугает тот факт, что она всё это забыла. До заикания, до дрожи — а значит, будет очень непросто. Сейчас она у меня спит, но что будет потом?

Она приняла пасту за червяков, напомнив о том, что большинство современных блюд ей в принципе незнакомы. Нам нужно изучать всё с самого начала, и кто знает, хватит ли времени? Значит, нужно запастись терпением и не думать о плохом. Нельзя думать о плохом и нельзя, чтобы Алёнушка пугалась. Значит, прямо завтра нужно начать учиться. Изучать буквы, читать, а потом и писать...

— Мама, — негромко зову я. — Мои тетради начальной школы остались ещё?

— Куда они денутся... — мама улыбается, обернувшись. — Но твоей девочке мы купим новые, чтобы она могла заниматься.

Мамочка всё отлично понимает, наверное, думает о том же. Мало вылечить Алёнушку, мало откормить её, ещё нужно и научить всему, с чем нормальный человек сталкивается ежедневно. Я, с одной стороны, чувствую себя ужасно взрослым, а с другой — совсем ребёнком, но я отлично знаю: заниматься с Аленушкой нужно будет мне, потому что посторонних она испугается, а у родителей есть работа.

Поэтому мне очень нужно с ней пройти всю школу, у нас же всего год есть, и за этот год нам нужно выучить всё, что другие учат пять лет... Справлюсь ли я? В таких размышлениях проходит остаток дороги. Заметно, что моя девочка переволновалась — она спит всю дорогу, все три оставшихся часа, проснувшись только, когда мы останавливаемся в гараже дома.

Всё-таки Алёнушка — очень красивая девочка. Вот я смотрю на то, как она просыпается, как открываются глаза необыкновенного цвета, как из них исчезает сонный туман, и просто прижимаю к себе это бесконечно дорогое существо, не в силах выразить свои чувства. А она смотрит и улыбается, у Алёнушки редко получается улыбаться так, но вот сейчас... Сейчас улыбка озаряет её лицо, и я просто замираю, любуясь.

— Дети, за телевизор не садитесь, — просит папа, когда я закатываю коляску в квартиру. — Пообщаться нужно.

— Не пугайся, — говорю я Алёнушке, хотя она, кажется, и не думает пугаться.

— Не буду, — обещает она мне, все ещё улыбаясь.

Я закатываю её коляску в комнату, к столу, где уже обнаруживаются родители. В общем-то, я понимаю, о чём сейчас речь пойдёт, ведь не только я думаю об Алёнке, а папа у нас очень ответственный, поэтому, скорей всего, у него есть решение проблемы. Переглянувшись с ним, мамочка выдаёт Алёнушке кусочек хлеба, как будто подкупает её, но, скорей всего, просто хочет успокоить, на что моя девочка кивает с благодарностью.

— Алёнушка, — обращается к ней папа. Он говорит мягким, спокойным голосом, явно не хочет напугать мою девочку. — Ты многого не знаешь, поэтому тебе нужно учиться заново. Есть два варианта: или мы будем с тобой заниматься, или приходящая учительница, если ты в состоянии перенести постороннего человека.

— Я не знаю, — Алёнушка вздыхает. — А она бить не будет?

— Абсолютно точно не будет! — вклиниваюсь я в разговор. — В Германии это запрещено.

— Как сказка... Немцы не бьют детей... — тихо произносит моя девочка, и я понимаю её.

Она же только что, буквально не давно, из такого места, где немцы детей не просто били, а убивали каждый день, но Алёнушка уже понимает, что с тех пор много воды утекло, поэтому осторожно кивает, соглашаясь с тем, чтобы приходила учительница.

— А Уве будет? — спохватывается моя самая родная девочка.

— Обязательно, — твёрдо говорю я, не дав сказать папе. — Я всегда буду.

В эту фразу я вкладываю намного больше, чем просто обещание быть с ней на уроках. И Алёнушка понимает это, сразу же прижавшись ко мне. Я обнимаю её, радуясь тому, что она не сопротивляется обучению. Папа на самом деле придумал хороший вариант, потому что учителя — они специалисты и могут правильно построить процесс обучения, в отличие от меня.

После этого короткого разговора нас отпускают, но я не в гостиную к телевизору везу сейчас Алёнку, а в свою... в нашу теперь уже комнату. Достав рабочие тетради начальной школы, обнаружившиеся на своём месте, куда я их сложил три года назад, я открываю первую. Моя девочка смотрит с большим инересом, а я начинаю показывать предметы на рисунках, называя их и объясняя, что это такое.

Алёнушка не знает, что такое мяч или слон, потому что в лагере их точно не было, а всё, что было до, из её памяти стёрлось. Хотя доктора считают, что не стёрлось, а просто заблокировалось, такое бывает от сильных потрясений. Насколько я знаю, она с экскурсии исчезла. Значит, гуляла, рассматривала памятники, а потом вдруг бац — и Равенсбрюк. Конечно, это было очень сильным потрясением для неё!

Значит, мы будем заниматься, стараясь или заново выучить, или вспомнить предметы. Буквы можно выучить и попозже, а сейчас надо с предметами разобраться. Я осознаю, что мультики Алёнушка смотрит только как движущиеся картинки, не понимая больше половины происходящего, отчего хочется её просто заобнимать, чтобы она не плакала.

Мама заходит посмотреть, чем мы занимаемся, но кивает, улыбается и выходит, чтобы через несколько минут принести большой атлас, в котором все эти предметы крупно изображены — и мячи разные для баскетбола, футбола, и трамвай, и поезд... Все вполне естественные для любого ребёнка вещи, только не для того, кто помнит концлагерь и... больше ничего. Поэтому мы играем, и я объясняю, объясняю, объясняю...

Нет, мне вовсе не трудно объяснять всё это, ведь это нужно для Алёнушки, но тут важно понять, когда она утомится, потому что моя девочка привыкла идти «через не могу», а слов «не хочу» в её лексиконе не существует, она просто не понимает, что это такое, отчего с ней непросто иногда. Но мы, конечно же, справимся.

Я точно знаю — мы справимся, потому что это же моя Алёнушка...

Семнадцатая глава

АЛИН ПАРИ

Оказывается, моё незнание — это не «плохо», а «бывает», и все к этому спокойно относятся, недоумевая, отчего я пугаюсь. Я же смотрю на них и понимаю: лагеря нет, пугаться больше не надо. Понимать-то я понимаю, но...

И тут мой Уве начинает играть со мной, как с маленькой. Он показывает мне разные предметы, предлагая запомнить их называния, и это очень интересно, просто очень! Когда я ошибаюсь или сразу не запоминаю, то получаю от него леденец, отчего пугаться совсем не хочется. И ещё Уве меня часто гладит, поэтому я привыкаю к тому, что больно не будет.

Папа подумал, оказывается, обо всём, поэтому спустя неделю у нас появляется учительница — фрау Вайзе, её приводит мама, когда мы привычно уже занимаемся с Уве. Я даже не сразу замечаю новое лицо, потому что увлечена счётными палочками. У нас математика тяжело идёт, потому что я циферок боюсь. Ну, как-то сразу пугаюсь, поэтому Уве меня учит на палочках считать.

— Дети, — зовёт нас мама, отвлекая от нашего занятия. — Познакомьтесь, это фрау Вайзе, она будет учить нашу девочку всему, что нужно.

— Ой... здравствуйте, — реагирую я, невольно желая спрятаться, что мой самый дорогой на свете мальчик сразу же замечает, обнимая меня.

— Не надо меня пугаться, — мягким голосом произносит фрау Вайзе. — Я совсем не страшная, честное слово!

От этого совсем детского представления я расслабляюсь и выглядываю из-за плеча Уве. Учительница одета в цветастое платье, отчего совсем не походит на *этих*, ну, которые в чёрном, а ещё она молодая и улыбчивая. Улыбка у неё совсем не злая или предвкушающая, а очень добрая, поэтому, наверное, не буду её бояться. Я киваю, а мой мальчик отходит в сторону, собирая палочки.

— Вы очень хорошо занимаетесь, — продолжает улыбаться фрау Вайзе. — Давайте я вам немного помогу.

Она достаёт красивую тетрадку, начиная рассказывать о буквах, о том, что каждая из них обозначает, и зачем нужно знать, как они выглядят. Я заслушиваюсь, потому что очень интересно. Так совершенно незаметно для меня мы начинаем изучать гласные буквы, которые поются. Только они мне сразу не даются, поэтому я получаю от Уве леденец на палочке, с которым всё идёт лучше. Как-то проще, потому что сладость отвлекает меня от страха.

— Очень хорошо ты всё запомнила! — хвалит меня фрау Вайзе, глядя на то, как меня хвалит Уве.

Получив свой заслуженный кусочек хлеба, я даже глаза прикрываю от удовольствия, только сейчас осознав, что очень устала. Почему-то я так не устаю, когда с Уве занимаюсь, а когда с учительницей, то как-то быстро. Хотя, посмотрев на часы, замечаю — больше часа прошло, понятно, что я устала. Смотреть время меня тоже мой самый-самый мальчик научил, поэтому я теперь умею.

— Алёнушке надо отдохнуть, — объясняет учительнице Уве. — Она-то может и дальше, но уже просто надо.

— Не понимает, когда устаёт? — с пониманием интересуется фрау Вайзе. — Так бывает, ничего в этом страшного нет. Отдохните.

Я, кажется, даже засыпаю на мгновение, но потом просто чувствую себя комфортно на руках у Уве. Мне кажется, что всё-всё плохое уже закончилось. Скоро я наберу вес, и восстановятся ещё минералы, тогда смогу уже сама ходить. Номера на моей руке больше нет, поэтому я могу очень свободно передвигаться, а *эти* не смогут понять, что я из лагеря. Впрочем, *этих* я здесь ещё не видела.

Фрау Вайзе занимается со мной ещё некоторое время, а потом уходит. Она очень довольна моими успехами, а я радуюсь, потому что многое выучила за сегодня. Но вот что-то меня беспокоит, я сначала даже не могу сформулировать, что именно. Уве видит мою задумчивость, но не мешает, позволяя поразмышлять. Он такой хороший! Чудо просто!

— Папа... — к ужину мне удаётся что-то сформулировать. — Сегодня на уроке я чувствовала себя странно... Как будто всё, о чём говорит фрау Вайзе, мне просто вспоминается...

— Это очень хорошая новость! — обрадованно отвечает мне наш папа. — Значит, у тебя из памяти не стёрлось всё, что было, а просто уснуло.

— Значит, я смогу быстро всё выучить! — радуюсь я этому заявлению.

— Ты у меня самая лучшая, — произносит обнимающий меня Уве. — Папа?

Я не понимаю, о чём он спрашивает отца, но, спустя несколько минут, в течение которых они с папой что-то ищут в тонкой папке, передо мной ложится синеватая такая бумажка с буквами. Я с непониманием смотрю на неё, а потом перевожу вопросительный взгляд на Уве.

— Здесь написано, что ты — Елена Вебер, — улыбается мне мой самый-самый мальчик. — А мама и папа — твои родители.

— Ой... — только и отвечаю я, понимая, что если так, то Уве — мой брат, а как же...

— Мы всегда будем вместе, — улыбается он мне, успокаивающе гладя по голове. — Это нам не помешает.

— Тогда хорошо, — соглашаюсь я.

Жить без Уве я не согласна. Вот просто совсем не согласна, и всё! Но, оказывается, родители обо всём подумали, и расставаться нам будет не нужно. Это очень хорошая новость, по-моему. Ну, а что будет потом, о том я не думаю, потому что нужно же ещё дожить. А пока буду учиться, потому что это надо. А что такое «надо», я знаю очень хорошо.

Мне кажется, лагерь постепенно уходит в прошлое. Прошло всего несколько недель, а я уже не боюсь окрика, потому что меня спасает Уве, даже, кажется, от самой себя. Он спасает меня от страшных снов, от страха сделать что-то не так... Да он меня от крематория спас, когда я заболела! Я знаю, меня вылечили врачи, но ведь Уве не позволил меня никуда забрать!

Я знаю теперь, что у меня есть мама и папа. Настоящие! Они ни за что не позволят сделать со мной что-то плохое, а ещё... папа говорит, что теперь вся страна меня защищает, потому что *эти* очень всех напугали много лет назад, и теперь нельзя быть такими, как *эти*. А тех, кто хочет так поступать, закрывают в тюрьму, чтобы они никого не пугали. Так странно...

Уве знает, как меня подкупить, когда я чего-то боюсь, поэтому я и не расстаюсь с ним, ведь он — мой спаситель. Я пугаюсь, конечно, ещё, но уже не так, как в первые дни. А ещё я начинаю вспоминать какие-то картинки, только вот судя по ним, в Равенсбрюк меня из другого лагеря перевели, а не отсюда перенесли. Потому что на картинках — та ауфзеерка, что приходила в школьную ривьеру.

— Мне вспомнилось... — говорю я своему Уве. — Та ауфзеерка, что в школу приходила, она меня раньше била какой-то тонкой палкой. Наверное, меня всё-таки из другого лагеря перевели...

— Нет, родная, — отвечает мне он. — Ты в семье жила, просто та женщина была нехорошей. Но теперь она тебе не страшна.

— Это хорошо, потому что я её боюсь, — объясняю я ему, но Уве меня просто гладит, и я успокаиваюсь. Не будет больше лагеря и ауфзеерок. Не будет.

УВЕ ВЕБЕР

Господи, сколько пережила Алёнушка моя на самом деле! Папа мне рассказал, что открыто расследование в отношении её родителей. Я этого моей девочке не говорю, незачем ей знать, раз она сама не помнит, но просто страшно за неё становится. Потому что всё было совсем не так, как мы думали изначально. Она-то и жива только из-за своих колдовских сил, которые чуть не стали причиной её гибели.

Алёнушка — не биологическая дочь своих родителей, а вот кто её родители, установить не удалось. Местный её «отец» оказался сыном эсэсовца, вычислить которого удалось только благодаря Алёнушке. И вот сразу же оказалось, что яблоко от яблони недалеко падает — его сын вместе со своей женой отметились в очень нехороших вещах.

Папа поначалу не хотел мне рассказывать, но потом всё-таки рассказал. Та, что считалась матерью Алёнушки, её била, и очень сильно, наверное, поэтому моя девочка смогла адаптироваться к лагерю. Но известно это стало не из допросов женщины: полиция нашла в доме, где жили эти нелюди, множество видеокассет и дисков с фильмами. Папа не уточнял, какие именно это были фильмы, но я понял. Хорошо, что Алёнушка этого не помнит, хотя вряд ли она помнит камеру... Но откуда только такая мерзость берётся?

Теперь я знаю, что моя девочка может вспомнить и почему не нужно, чтобы вспоминала. Хотя школьную программу она вспоминает довольно быстро. Буквы уже даже по слогам читает, учительница на неё не нарадуется. Значит, скоро можно будет переходить к более серьёзным вещам.

Сегодня папа обещает начать реабилитацию. Ну, это не он обещает, а доктора, конечно. Это значит, что ноги Алёнушки достаточно окрепли, и можно пробовать её поднять. Но просто так поднимать нельзя, сначала нужна тренировка, гимнастика, массаж, а вот пото-ом, потом можно будет уже и попробовать ходить. Ходить, а затем и бегать, лазать, прыгать... Всё у нас будет хорошо, просто обязательно!

Надо будет мне год или даже два в Грасвангтале

заново пройти, потому что я старше Алёнушки на два года, но оставлять её одну на уроках будет неправильно. Вот я какой, на полгода вперёд планирую, в отличие от моей девочки. У неё по-прежнему всех планов — до утра, будто боится не пережить ночь... Но ночи у нас спокойные, лагерь ей совсем не снится.

Правда, спим мы в одной кровати, что не очень правильно, но иначе она просто не может ни уснуть, ни спать. Поэтому доктора сказали — пусть. Что угодно пусть, лишь бы не приходил в её сны Аушвиц и «смертный» барак. Ведь она всё помнит, ничего не забыла. Она каждого умершего у неё на руках ребёнка помнит, по номерам, но помнит. Иногда она об этом рассказывает, и слушать эти рассказы просто страшно, жутко до ужаса.

Вот и звонок в дверь, значит, из больницы пришли... Ох, как бы не напугали мою хорошую. Но ничего не поделаешь, реабилитация нужна, мы это оба хорошо понимаем. Может быть, они покажут, как надо, а дальше я сам? Но дверь в нашу комнату открывается, и я начинаю улыбаться — это Марта. Улыбается и Алёнушка — узнала. Вот и хорошо, вот и славно, что узнала.

Папа поначалу не хотел мне рассказывать о расследовании, но он понимает, что в памяти моей девочки может всплыть что угодно, поэтому желательно, чтобы я был готов. Как мы относимся друг к другу, родители видят. Для меня нет никого дороже Алёнушки, а для неё — дороже меня, и как это называется, мне не важно. Можно ли это называть любовью, узнаем, когда подрастём, а пока родители очень быстро удочерили Алёнку, даря ей дом и семью, что она ценит очень сильно.

— Здравствуйте, дети, — здоровается с нами улыбчивая медсестра.

— Здравствуйте, — отвечаем мы ей хором, потому что действительно рады.

— Сегодня я покажу Уве, как делать массаж и гимнастику, — сходу говорит она. — Своего мальчика Ленхен бояться не будет, поэтому ей будет проще, договорились?

— Договорились, — удивляется моя Алёнушка. Только непонятно чему — или немецкому ласковому производному от имени Елена, или тому, как Марта решила проблему испуга.

Марта начинает объяснять мне пассивную гимнастику, показывая на Алёнушке, а моя девочка улыбается, потому что ей новая игра нравится. Такое чувство, что она пользуется возможностью прожить своё детство, против чего я совсем не возражаю. Пусть играет, пусть улыбается, только бы не вспоминала свой страшный кошмар, только бы не думала о нём...

Массаж, оказывается, не так просто делать, потому что для Аленушки он может быть болезненным, особенно, когда начнёт напрягаться, но мы справимся. Не настолько он и болезненный, а она видела кое-что и пострашней. Поэтому мы учимся гимнастике. Сначала она у нас пассивная, медленно, осторожно, а потом уже будет активной и... И можно будет ходить. Пусть поначалу медленно, но ходить, и это очень важно, по-моему. Особенно моей девочке важно, потому что страх всё ещё живет в ней. Страх быть беспомощной — он вообще никуда не делся, только уснул на время.

Но кроме физической активности у нас уроки — с понедельника по пятницу. А вот гимнастика — каждый день, без выходных. Впрочем, об уроках... Не получается считать. Точнее, именно считать у Алёнушки как раз хорошо получается, но вот цифры! Стоит ей увидеть цифры — и всё. Смотрит на них большими глазками своими и ничего не может сделать.

Папа советует заменить арабские цифры римскими. Я пробую, и это работает — Алёнушка очень быстро осваивает и сложение, и вычитание, и умножение. С делением начинаются проблемы, но не всё же сразу! Однако арабские цифры у неё по-прежнему вызывают ступор и страх, поэтому мы пока их не касаемся, а занимаемся чтением и письмом, что получается очень даже хорошо, отчего все радуются — и наша учительница, и мы оба.

Постепенно переходим к активной гимнастике. При этом я чувствую нетерпение моей уже округляющейся девочки — вес она тоже хорошо набирает. Но спешить с этим нельзя, родители не устают повторять: лучше медленнее. Тем не менее Алёнушка не унывает, мечтая о детской площадке, хотя пока туда двигаться она побаивается ещё. Ну да ничего, пройдет время, и всё точно будет хорошо. Я это отлично знаю, потому что иначе быть не может.

Конечно, возможно всякое, особенно в школе, но я постараюсь быть готовым ко всему. Скоро, совсем скоро Алёнушка встанет на ноги и сможет ходить сама. Но даже тогда мы не расстанемся, потому что просто не умеем уже жить друг без друга. Мне неважно, насколько это правильно. Это есть.

Восемнадцатая глава

ЕЛЕНА ВЕБЕР

Иногда я вспоминаю какие-то сцены или картины, которые не могу сразу обосновать, тогда я делюсь с Уве. Вот и сегодня мне вспоминается лежащий в траве железный кружок с нарисованной грустной улыбкой, при этом он приближается, как будто я наклоняюсь к нему... Почему-то эта сцена вызывает у меня такой страх, что я вздрагиваю, сразу же отвлекаясь от урока.

— Что такое? — спрашивает меня Уве, обнимая и прижимая к себе.

В первый момент я просто дрожу, не в состоянии ответить. Мне очень страшно, хотя непонятно даже, отчего. Фрау Вайзе прерывается, внимательно глядя на нас, затем поднимается, чтобы выйти. Я сначала даже не понимаю, зачем, и лишь увидев кинувшуюся к нам маму, осознаю: учительница позвала маму, увидев, что со мной нехорошо. А я дрожу и ничего не могу сказать.

— Что случилось? — спрашивает мама, обняв нас обоих. — Уве?

— Мы занимались, — объясняет он. — Повторяли спряжение глагола, а Алёнушка вдруг вздрогнула и задрожала. И не говорит ничего.

— Так, понятно, — кивает мама, затем отходит от нас буквально на минуту, а потом разжимает мою сведённую судорогой челюсть, чтобы влить что-то мне в рот. — Сейчас пройдёт.

Я киваю, проглотив чуть горьковатую жидкость. Сначала ничего не происходит, а потом напряжение и накрывший меня чёрной волной страх медленно отступают. Разговаривать пока не получается, а мама берёт меня на руки, чтобы переложить на кровать, ведь мы занимаемся уроками в нашей комнате. Она ничего не говорит, только подзывает жестом Уве, и он ложится рядом, продолжая обнимать меня.

Страх медленно отходит, позволяя мне наконец судорожно вздохнуть, чтобы затем расплакаться. Меня отпускает ощущение неминуемой гибели, отчего я плачу. Я понимаю, что напугала своих родных, но сделать ничего не могу — так страшно мне уже давно не было. Меня как будто хотели повесить, был и такой опыт со мной. *Эти* развлекались — накидывали петлю на шею и оставляли стоять...

— Что тебе привиделось, маленькая? — интересуется мама, увидев, что я чуть успокоилась.

— Ка-какой-то кру-кружок, — пытаюсь я объяснить, хотя у меня плохо получается, но мамочка, кажется, что-то понимает. Она вздыхает, после чего уходит в гостиную, чтобы вернуться через некоторое время с какой-то книгой.

— Посмотри, доченька, — показывает она фотографии, на одной из которых я вижу именно то, что мне привиделось.

Я шарахаюсь от этой фотографии, пытаюсь отползти, потому что она страшная, просто жуткая, я не выдержу этого! Уберите! Уберите!

Уве прижимает меня к себе, гладит, пытаясь успокоить, но меня опять трясёт от дикого, запредельного ужаса. Мама очень серьёзна, она внимательно просматривает что-то в этой книге, затем поднимается и выходит из нашей комнаты, унося книгу, но я всё никак не могу успокоиться. Мне кажется — ещё мгновение, и я услышу крик ауфзеерки, а если они не найдут номера на моей руке, то вообще неизвестно, что будет. На этой мысли я как-то резко проваливаюсь в темноту, как будто выключается свет.

Когда я открываю глаза, рядом обнаруживается доктор из больницы, он как раз складывает стетоскоп — это такая трубка, которой врачи слушают сердце. Уве всё ещё гладит меня и, кажется, дрожит. Или это я дрожу? Не могу понять, просто совсем не могу. Страх, впрочем, почти не ощущается.

— Девочке следует поберечь сердце, — негромко произносит доктор. — А пока пару дней полежать, и чтобы никаких стрессов!

— Хорошо, доктор, — слышу я мамин голос, хотя её саму сейчас не вижу. — Испуг такой?

— Учитывая её историю, неудивительно, — вздыхает врач и, погладив меня по голове, уходит.

А я пытаюсь успокоиться, но почему-то не могу. Мама садится рядом со мной, начиная негромко объяснять, что этот кружочек с рожицей символизирует людей, погубленных *этими*, но вот там, где у меня была экскурсия, этого кружочка быть не должно, поэтому сейчас приедет папа, а потом и герр Шлоссер, чтобы разобраться, что же со мной случилось.

— Мама, а что сейчас там, где был лагерь? — интересуюсь я.

— Там памятник и мемориал, — отвечает она мне, глядя по волосам. — Хочешь удостовериться, что лагеря нет?

Я задумываюсь. Хочу ли я точно знать, что никакого лагеря больше нет? Хочу, действительно хочу, но что, если я снова провалюсь во времени? Что со мной будет? От этого становится страшно, вот только Уве меня сразу же понимает и, как будто читая мысли, задает этот вопрос нашей мамочке.

— Мы спросим герра Шлоссера, — после долгих раздумий решает она. — Он должен знать, как этого не допустить.

— Хорошо, мамочка, — тихо отвечаю я, прикрывая глаза от внезапно навалившейся усталости.

В сон я проваливаюсь как-то моментально, даже не успев ничего сказать или сделать. И в этом сне впервые за долгое время приходит лагерь, а я будто смотрю на него со стороны. Но сначала вижу ухмыляющегося того самого *чёрного этого*, который в больницу приходил. Он очень внимательно смотрит за гуляющими по странному парку детьми, а заметив, что кто-то наклонился, ухмыляется.

И вот тут в наклонившейся фигурке я узнаю себя, я вижу ауфзеерку, бьющую меня, толпу женщин, куда-то бегущих, слышу такой забытый уже рык голодных псов, только и желающих вцепиться кому-то в горло. Я вижу лагерь так, как будто лечу над ним, но даже от того, что вижу внизу, я кричу, просто захлёбываюсь криком, не желая видеть этого и...

— Тише, маленькая, тише, родная, — слышу я голос моего спасителя.

Лагерь будто становится прозрачным, осыпаются пеплом бараки, исчезает вся картина, пропадая с глаз. Я открываю глаза, чтобы расплакаться на руках у моего спасителя. Уве, сразу же как-то понявший, что мне приснилось, гладит меня, отчего я медленно успокаиваюсь. Нет уже лагеря, нет страшных бараков, никого не бьют, не мучают и не сжигают в полыхающих жаром печах. Этого больше нет...

Так трудно успокоиться после всего пережитого, просто невозможно. Скоро приедут папа и герр

Шлоссер, они всё-всё выяснят, поэтому будет не страшно. А пока я просто лежу, меня обнимает мой спаситель, мой Уве. Как будто судьба решила ещё раз напомнить мне, кого нужно благодарить за то, что я вообще жива. Я этого никогда-никогда не забуду, потому что если бы не Уве... Если бы не это подаренное мне неизвестно за что чудо, то не было бы и меня.

УВЕ ВЕБЕР

Мы едем в Равенсбрюк. Наша дорога ведёт к Берлину, а потом мы поедем на север, прямо туда, где располагался лагерь, а теперь стоит мемориал. Памятник убитым и замученным девушкам, девочкам и женщинам. То место, откуда началась история моей Алёнушки.

Герр Шлоссер прибывает очень быстро, даже раньше папы. Он очень внимателен, собран, слушает маму, в задумчивости кивая головой. Он многое понимает, даже больше, чем рассказывающая ему об истерике моей девочки мама. Затем приезжает папа, выслушав всё то же, кивает, куда-то звонит, и мы после этого как-то вдруг оказываемся в машине.

— Скорей всего, некто разбросал зачарованные монеты... — негромко сообщает герр Шлоссер, когда мы выезжаем на автобан. — А в лагере были замучены многие, отчего и возникло поле страдания, как и в других лагерях.

— Вы хотите сказать, что исчезновения уже были? — интересуется мама.

— Были, — кивает головой наш учитель. — Но не возить детей к мемориалам нельзя, не дай Бог, *они* потянутся к власти, и мало никому не будет. Если хорошо слушать меня и ничего не трогать, то не происходит никакого исчезновения. Елена, похоже, подняла с земли зачарованный предмет.

— Да, — кивает Алёнушка. — Кажется, я подняла его и в кулаке сжала, а потом раз — и ауфзеерки!

— Очень похоже, — вздыхает герр Шлоссер. — Ну что же, теперь ты увидишь, что лагеря нет.

— А если... — мама не договаривает, но я понимаю, что она хочет сказать.

— Вряд ли, — качает головой учитель. — Мы приняли некоторые меры. Но вот сам факт...

— А зачем? — не понимаю я. — Ведь зачаровывать на резонанс — это сложно, должна же быть причина?

— Понимаешь, Уве, — поворачивается ко мне герр Шлоссер. — Артефакт переносит гарантированного колдуна, а у наци была программа выведения колдунов. Ленхен просто не повезло, она славянка по происхождению, а вот немка...

— Не попала бы в лагерь? — удивляется внимательно слушающая Алёнушка.

— Почему не попала бы? Попала, — вздыхает наш учитель. — Просто после лагеря она была бы готова на что угодно, понимаешь?

Алёнушка не понимает, о чём говорит герр Шлоссер, она всё-таки ещё маленькая для всего этого, но я — я как раз понимаю. Немку бы положили под «правильного» арийца, проводя эту программу. Наци же об истинных возможностях колдовства не знали, вот им и нужны были эксперименты на детях. Чтобы сделать из колдовства оружие... Но это просто невозможно, колдуны должны собираться большой массой, чтобы что-то сотворить, и в местах массовых убийств колдовство не работает. Впрочем, если вспомнить бубонную чуму... Возможно, расчёт был именно на подобное, мы сейчас уже и не узнаем. Да и хорошо, что не узнаем. Это было, и это прошло.

Нацизм побеждён, его в такой форме больше нет. Я не дурак и понимаю, что запретный плод сладок, но наше правительство внимательно следит за всеми проявлениями нацизма и расизма, вовремя купируя ростки прошлого. Очень уж наци напугали даже самих немцев, поэтому и боятся они...

После объяснений герра Шлоссера в машине становится тихо. Утомившаяся Алёнушка засыпает, а я думаю обо всех тех бедах, что принесли наци своему же народу. Злые звери творили абсолютное зло ради непонятного мне «блага». Какая-то «высшая раса», какие-то странные устремления... Это мне непонятно, да и отказываюсь я подобное понимать. На моих коленях спит девочка, которую мучили, запугивали и собирались убить. Ради чего? Что им сделал ребёнок? Мне этого никогда не понять.

Пролетают часы дороги, справа остаётся Берлин,

наша столица. Многое переживший город тоже полон памятников и свидетельств исторических событий, но сейчас нам нужно совсем в другую сторону. Мы сейчас едем в сторону мемориального комплекса с коричневой табличкой, где написано: «Мемориал концлагеря Равенсбрюк». Надо разбудить Алёнушку, чтобы её не напугали смутно знакомые места.

— Просыпайся, родная, — говорю я ей, гладя по лицу, отчего такие милые глазки сразу же распахиваются. — Скоро приедем.

Я вглядываюсь в её глаза, но страха там не вижу, она совсем не боится, и я думаю, что это очень даже хорошо. Машина всё ещё наматывает километры автобана, я же усаживаю Алёнушку поудобнее в её специальное кресло и фиксирую ремнями. Так подумать, папа на крупную сумму штрафов накатал с лежащей, а не привязанной девочкой, но мы никому не расскажем, и герр Шлоссер тоже, потому что важны не деньги, а моя девочка.

Съехавший с автобана автомобиль ощутимо снижает скорость, но пока, видимо, ничего знакомого Алёнушке не встречается, поэтому она сидит спокойно, не пугаясь, я же вижу на горизонте что-то, похожее на стрелу. Это основной памятник — женщина, держащая на руках девочку, ведь лагерь был женским. Я видел фотографии, поэтому понимаю, что именно вижу, зато Алёнушка, слава Господу, не понимает.

Парковка мемориала находится чуть в стороне,

папа аккуратно заруливает на неё, и вот тут моя девочка напрягается. Она морщит лоб, но выглядит очень сосредоточенной, а не испуганной.

— Что-то знакомое, — признаётся Алёнушка. — Но не страшно ещё.

— Тогда выходим, — улыбаюсь я ей.

И вот уже мы движемся по дорожке прямо туда, к памятнику и высокой стене за ним. Стене, за которой начинался лагерь. Вот тут моей девочке становится совсем не по себе, она пугливо озирается, но я её обнимаю, а ещё папа и мама, отчего ей явно становится спокойнее.

— А ты всегда будешь? — тоненьким голосочком, выдающем её испуг, спрашивает меня Аленушка.

— Всегда-всегда, — отвечаю я ей, и моя девочка просто обнимает меня обеими руками.

Мы движемся вперёд, Алёнушка вдруг вздрагивает, прижимается ко мне и закрывает глаза. Я понимаю, что сейчас проносится перед её глазами. Ведь по внутреннему её времени она была здесь совсем недавно. Но вот затем моя девочка явно берёт себя в руки и катится куда-то, где, судя по каменным отметинам, когда-то стояли деревянные бараки.

— Здесь был наш... — останавливается она посреди каменного основания. — Здесь была мама...

Господи, сколько любви в одном только слове! Наша мама молча прижимает к себе Алёнушку, а я вдруг понимаю: в лагере, в жутком, самом страшном месте на земле, посреди мучений, боли и отчаяния у моей Алёнушки была *мама*. Чужая, совершенно посторонняя женщина отдавала моей девочке тепло. Вот почему она приняла и нашу маму...

Страшнее места и представить невозможно, но всё же, насколько сильными духовно были эти люди, нашедшие в себе толику тепла для совершенно чужой им девочки!

Девятнадцатая глава

ЕЛЕНА ВЕБЕР

Мне и страшно, и не страшно одновременно. Перед глазами встают деревянные бараки, но я слышу тишину. Никто не кричит, не лают собаки, не плачут дети. Моя коляска стоит на том самом месте, где был наш «семейный» барак и... я плачу, вспоминая. Будто наяву передо мной встают деревянные нары, десятки детей, женщин, девушек. Это очень страшно на самом деле, но почему-то мне сейчас — совсем нет. Рядом со мной мой спаситель, значит, ничего плохого случиться не может.

Впрочем, от крематория я держусь подальше, а вот на лагерь смотрю почти спокойно, потому что здесь нет *этих*. Я вижу плачущую девушку у каменной плиты и понимаю — она скорбит о нас, обо всех тех, кого приняла эта земля, кто не дожил, кто плакал от боли и от страха. И от этого её переживания становится почти не страшно, ведь вокруг нет бешеных псов, нет ауфзеерок, а оставшиеся бараки пусты.

Я заезжаю даже в тот страшный барак, где меня мучили, и вижу только музей. Здесь нет мучителей, уже больше нет, значит... Значит, всё закончилось? Больше этого никогда не будет! Уве везёт меня по территории, доезжая даже до аппельплаца, давая мне возможность увидеть самой. Лагеря нет! Нет! *Этих* нет! Я — есть, а *их* — нет! И от осознания этого я плачу, плачу и рассказываю.

— Вот тут меня вешали, — показываю я пальцем на сохранившиеся остатки виселицы. — Накинули петлю и просто ушли.

— Что значит «ушли»? — не понимает мамочка.

— Ждали, когда упадёт... — негромко отвечает герр Шлоссер.

— Какие звери... Ребёнок же... — одной этой фразы мне достаточно — я прижимаюсь к маме.

Сейчас мне кажется, что новая мамочка и та мама, что была в лагере, — один и тот же человек, ведь мамочка говорит с такими же интонациями, обнимает и гладит в своём желании защитить меня так же, как и лагерная мама. В этот момент я, кажется, полностью осознаю тот факт, что у меня теперь есть семья — мама и папа, которые защитят от *этих*, а ещё Уве — мой спаситель, мой родной, очень близкий человек...

Я понимаю это и начинаю улыбаться, ведь *этих* нет. Их всех убили, отомстив за нас. И от мысли, что убили даже Грезе, я хочу улыбаться. Потому что страшный лагерь показывает мне — *его* нет. Но одновременно с каждой стены на меня смотрит чьё-то лицо, а в моей голове звучат слова... А ещё табличка, которую я легко читаю, хоть она и не по-немецки написана: «Здесь, в Равенсбрюке, был концентрационный лагерь, в котором были замучены...». Я смотрю и вижу лишь память... Огромный мемориал оставлен напоминанием о том, через что мы прошли, через что прошла я, кажется, совсем недавно.

— Помнят нас... да? — я смотрю в глаза моему Уве.

— Помнят, каждый день помнят, моя хорошая, — отвечает он мне. — Это никогда не будет забыто.

Я понимаю — он прав, и будто что-то рвётся внутри меня, отступает страх, уходя куда-то в землю. В принявшую сотни и сотни людей землю... Но вот в Аушвиц мне ехать совсем не хочется, я его боюсь даже больше, пусть и его нет, но мне страшно даже подумать об этом.

— Газовых камер ещё не было, только газенвагены, — почему-то вспоминается мне. — А крематорий уже был... Только он плохо работал.

— Где-то сорок третий год, — вздыхает герр Шлоссер. — Оно и понятно, после катастрофы под Сталинградом Аненербе озаботилось поиском чудо-оружия, так что всё логично. Осталось только найти того, кто зачаровал и разбросал артефакты.

— Я видела сон, — признаюсь я, чтобы затем

рассказать о том, что папа уже знает. Он кивает, а герр Шлоссер задумывается.

— Это может быть опасно, — делает он вывод. — Нужно сообщить и по нашей линии, не из воздуха же они взялись, эти зачарованные кругляши.

— Главное, чтобы не повторилось, — шепчу я. — Уве, давай уедем отсюда?

Я вижу главное — лагеря больше нет, но находиться здесь мне тяжело. Снова оживают перед глазами картины прошлого, снова накатывает страх, а мой спаситель, будто поняв, что я чувствую, везёт меня к машине. Я хочу домой, даже кушать не так хочу, как домой. Не хочу здесь быть, пусть лагерь останется в прошлом, навсегда теперь уже. Я увидела самое главное...

— Возьми, — тихо произносит мой спаситель, буквально всовывая мне в руку большой кусок хлеба.

Я всхлипываю, зарываясь носом в белую мякоть. Хлеб, волшебный, мягкий, белый, необыкновенный. Настоящий хлеб, символ жизни...

Мы едем прочь, но теперь герр Шлоссер сидит рядом с папой, а меня обнимают мама и Уве. Моя настоящая мамочка, ровно такая же, как и та, лагерная, что сумела меня согреть в самом пекле. Мой спаситель прав — это самое страшное место на земле. Место, где *эти* убивали нас за то, что мы есть. Просто за это убивали, и всё... Но теперь это больше не повторится, мне папа обещал!

Автомобиль буквально летит домой, а я чувствую,

как покидает меня страх и что-то тёмное, витавшее в лагере. Я знаю, это память и сила убитых людей, именно поэтому там стоит охрана, пропустившая сделанное неведомыми существами, потому что нельзя назвать людьми тех, кто способен отправить на смерть ребёнка.

Я точно знаю, что папа и герр Шлоссер найдут тех, кто это сделал, и тогда им мало точно не покажется. Потому что это же папочка, и я верю ему. А раз всё будет хорошо, то можно и поспать. Я закрываю глаза, чтобы отдохнуть, и буквально проваливаюсь в сон.

Передо мной — только что покинутый мной лагерь, но теперь... на улице светит солнце, явно очень тепло, а в лагерь въезжают приземистые коробки, и бегут солдаты, совсем не похожие на *этих*, они в зелёной одежде, а на их шапках, да и на коробках — везде звёзды, красные звёзды[1]. И я понимаю: это то, о чём мечтали малыши холодными ночами, это пришли *наши*, которых как огня боялись *эти*.

Навстречу им из мрачных бараков выходят женщины и дети. Многие из них не могут ходить, а только ползут из последних сил, но *наши* сразу же подхватывают их на руки, унося прочь от крематория, от газовых камер, от бараков. Эти *наши* с красными звёздами уносят женщин и детей на свободу! А затем я смотрю на то, как убивают *этих*, как стоят на коленях ауфзеерки, как пытаются целовать сапоги *наших*, но всё равно дохнут, как и их собаки! Дохнут! И от этого я заливаюсь слезами освобождения.

Меня будит Уве, но в первый момент я не могу ничего рассказать, только улыбаюсь и плачу. Я благодарю того, кто показал мне этот сон, в котором я увидела *наших*! В точности, как мечтали улыбающиеся малыши — с красными звёздами, которых очень боятся *эти*. Так сильно боятся, что падают на колени и дохнут, палачи проклятые! Дохнут!

УВЕ ВЕБЕР

Мы едем домой, и я обнимаю свою Алёнушку. Папа в это время негромко разговаривает с герром Шлоссером, но я всё равно слышу. Пока моя милая девочка спит, я слушаю, о чём идёт разговор, и понимаю, что Алёнушка может быть в опасности даже сейчас, но папа знает об этом, и меры уже принимаются.

Наци, создавшие зачарованные артефакты, были же здесь в наше время, а вовсе не в сороковых, хотя и этого исключать нельзя. Но это значит, что существует целая секта наци, желающих «переиграть» войну? Это опасность не только для Алёнушки, но и для всех нас, для всех живущих сейчас людей. Хорошо, что папа понимает это.

Прямо из машины он звонит кому-то, разговаривая очень жёстко, а я представляю себе, как множество людей начинают работу. Нынче не до шуток, а вдруг нацистам удастся их замысел? Вдруг они смогут переиграть историю? Вот именно от этой мысли волосы встают дыбом. Но мама, будто читая мои мысли, гладит меня по голове, как маленького, и это помогает — страх уходит.

В этот самый момент начинает плакать Алёнушка. Она улыбается солнечно так и плачет одновременно, ничего не в силах объяснить, поэтому папа сразу же уходит на парковку, где можно остановиться. Сначала надо успокоить мою девочку, понять, что ей приснилось, а потом можно будет ехать дальше.

Алёнушка, слегка успокоившись, начинает рассказывать. Она говорит о приземистых коробках, а я понимаю — это танки, о солдатах в зелёном, о красных звёздах. И я понимаю — что-то или кто-то решил показать нашей девочке миг освобождения. Тот самый день, когда русские, сминая танками колючую проволоку, закончили историю концентрационного лагеря Равенсбрюк. От этого Алёнушка смеётся и плачет одновременно, потому что сегодня она увидела, что лагеря нет, а во сне — как именно его не стало.

А затем она рассказывает о том, как вешают ауфзеерок, как уничтожают всех тех, кто мучил и убивал её в лагере... Столько ненависти к мучителям и радости освобождения в её словах, в её растерявшем страх взгляде, что мне остаётся только обнять мою Алёнушку покрепче, пока папа с кем-то разговаривает по телефону. Папа работает следователем в БНД — так называется государственная безопасность у нас. Поэтому наци найдут обязательно!

А нам нужно покормить Алёнушку и отправляться домой, ведь там нас ждут уроки и реабилитация. Скоро моя девочка сможет ходить, скоро она встанет на ноги и будет бегать, прыгать, навсегда вычеркнув из памяти страшный лагерь. Стерев, будто ластиком, ужасы давно прошедших времён и кошмар ежедневного унижения и боли.

— Этого никогда не будет, — обещаю я ей, зная, что моя девочка верит мне.

До дома мы долетаем так быстро, что я и сам не сразу соображаю, как так быстро получилось. Правда, сразу после этого папа и герр Шлоссер куда-то уезжают, а мама садится с нами на диване, чтобы вместе посмотреть какой-то семейный фильм «из старых», как говорит папа. Это значит, он ещё из тех времён, когда ни меня, ни Алёнки не было и в проекте.

Очень добрый фильм показывает играющих детей, их родителей, дружбу и даже любовь. К середине Алёнушка буквально заползает ко мне на колени, солнечно улыбаясь. Я понимаю, что её отпустили грустные мысли, поэтому мне самому становится как-то спокойнее. Кто бы ни были эти самые нацисты, у них абсолютно точно ничего не получится.

Это подтверждает и вернувшийся вечером папа. Он радостно и как-то освобождённо улыбается, шутит за довольно-таки поздним ужином, ведь мы весь день ездили, а потом он быстро уехал на работу, чтобы разобраться в проблеме. За окном уже вовсю светит полная луна, но мы не ложимся, отчего ужин получается очень поздним, но никто не жалуется.

— Это не секта, — объясняет папа. — Всё задумал

колдун, отец того, кто был отчимом Алёнушки. Артефакты были зачарованы детским страданием ещё в военные времена и хранились в тайнике. И вот они вдвоём решили таким образом...

— Но на это же нужны деньги? — удивляется мама. — Неужели...

Я понимаю, о чём хочет сказать мама. Теперь понятно, почему мучили в детстве мою девочку. И для чего им столько «видеоматериалов». За это нехорошие люди получали деньги, много денег, чтобы суметь провернуть то, что привело Алёнушку в концлагерь. Но не только мою девочку, просто другие жертвы, похоже, не выжили. Их не вернёшь, но меня радует только тот факт, что нацисты будут наказаны.

— И что с ними будет? — интересуюсь я у папы.

— Сядут пожизненно, — пожимает он плечами. — И будут остаток жизни видеть сны о том, что пережили дети... Герр Шлоссер обещал, что так и будет, так что историю можно считать законченной. Такого абсолютно точно не повторится.

Такого не повторится, но что-то другое может и появиться, наверное. Впрочем, сейчас об этом думать рано, а когда подрастём, можно будет и подумать... Потому что кто же защитит других людей, если не мы, правильно?

Мы ложимся спать, как всегда, успокоенные самим фактом того, что наци больше не смогут никому угрожать. Завтра у нас много работы — пора становиться на ноги, а ещё пора переходить к следующему классу в обучении. Мне почему-то верится в то, что теперь у Алёнушки всё пойдёт гораздо быстрее и проще. Вот не могу объяснить это ощущение, оно просто есть, и всё, как будто визит в бывший лагерь способен что-то разблокировать у неё в мозгу. Впрочем, завтра узнаем...

Моя Алёнушка давно спит, а я всё не могу уснуть. Мне кажется, мы с ней как-то связаны, но вот как, я ещё не понимаю. Слово «любовь» я, разумеется, знаю, но вот применимо ли оно в данном случае? Не понимаю, и спросить... Не хочу я никого спрашивать. Думаю, время покажет, а пока будем жить, как живётся.

Надо и мне спать, потому что пора, я ведь не взрослый ещё, что и хорошо, наверное. Погладить Алёнушку, закрыть глаза и провалиться в сон. Девочке моей вроде бы кошмары не снятся, не плачет она во сне, значит, можно и мне спать. Я закрываю глаза и погружаюсь в сон. Вот завтра будет новый день...

Увидев перед собой серую стену, я поначалу пугаюсь, но затем понимаю — это сон. Ничем, кроме сна, это быть не может. Передо мной — тот самый мемориал, только выглядит он чуточку иначе, а совсем рядом обнаруживается Алёнушка. Она одета в своё лагерное полосатое платье, но при этом не выглядит совсем скелетиком, как в самом начале. Девочка берёт меня за руку и ведёт за собой...

Алёнушка показывает на полуразрушенные бараки, стоящий русский танк, возле которого суетятся солдаты. Она рассказывает мне, где жила и что с ними делали, а русские проверяют лагерь, чтобы потом унестись прочь, ведь их война не закончена.

— Видишь, Уве, — улыбается Аленушка. — Мы — есть, мы с тобой теперь навсегда есть, а *этих* нет.

— Их никогда не будет, — твёрдо обещаю я, глядя на то, как над разрушенным, опустевшим концентрационным лагерем восходит солнце.

И под его лучами оплывают, будто тая, бараки, здания, поленница из мёртвых тел — всё исчезает. Исчезает всё, кроме памятника перед входом. Кроме нашей памяти. Алёнушка обнимает меня обеими руками, а затем мы поворачиваемся спиной к лагерю и уходим вперёд — туда, где нас ждёт наше будущее. Я точно знаю, что оно нас ждёт, потому что всё плохое абсолютно точно закончилось.

И мы делаем шаг...

Двадцатая глава

ЕЛЕНА ВЕБЕР

Почти сразу после завтрака Уве протягивает ко мне руки. Зачем он хочет взять меня за руки, я не спрашиваю — раз хочет, значит, так нужно, вон у него какие хитрые глаза. Что же он задумал? А мой спаситель просто тянет меня к себе как-то так, что я незаметно даже для себя оказываюсь на ногах. Ну и прижатой к нему, конечно.

Очень непривычное чувство — стоять на своих ногах, но мне не страшно совсем, потому что меня обнимает Уве. Пока я в руках своего спасителя, я вообще ничего уже не боюсь. Так правильно, по-моему. Постояв немного, вдруг понимаю, что я делаю, отчего слёзы сами бегут из глаз. Ведь я стою! Я могу стоять! Значит, скоро буду ходить и перестану быть...

ну, понятно, какой. Всё-таки в коляске мне немного страшно. А теперь… теперь… теперь…

— Ну, что ты? — беспокоится Уве, осторожно усаживая меня обратно. — Сейчас я тебя помассирую, и опять постоим, хорошо?

— Ты — волшебный, — отвечаю я ему, смаргивая слёзы. — Просто необыкновенный.

Сегодня у меня всё получается, просто совсем всё, я даже цифр не пугаюсь. Уве опять подкладывает мне примеры с обычными цифрами, а я их совсем не боюсь, и даже сама пишу. Учительница очень удивляется этому и хвалит меня, отчего я улыбаюсь, потому что очень люблю, когда меня хвалят.

— Мне кажется, я это помню, — говорю я ей, когда она показывает мне учебник по естественным наукам. — Вот на двадцатой странице рассказывается про географию юга Германии, правильно?

— Правильно, — удивляется фрау Вайзе. — Ты начала вспоминать? Тогда у нас всё пойдёт намного быстрее.

— Ура! — радуемся мы с Уве.

Мне действительно всё больше вспоминается — и цифры, и буквы, и даже задания, поэтому сегодня мы неожиданно даже для меня проходим очень много. Но когда обрадованная и ошарашенная учительница уходит, я жалобно смотрю на Уве. Я знаю, он понимает, почему я так смотрю, и он действительно понимает, медленно поднимая меня из коляски.

Стоять так здорово, особенно стоять придерживаемой руками моего Уве. Навсегда-навсегда моего, я это точно знаю, потому что, если не будет моего спасителя, не будет и меня. И он обнимает меня, а потом... Потом делает шаг назад, и я делаю свой самый первый шаг вперёд — вслед за ним. Ноги дрожат и подгибаются, но это такое счастье — идти, что просто невозможно описать, какое именно!

Кажется, я сегодня не только многое вспомнила, но и научилась ходить. Уве роняет меня на диван, я понимаю зачем — надо массировать мышцы, отвыкшие ходить. Это хоть и больно... Но не так больно, как было *там*. Поэтому я вполне могу терпеть и боль массажа, и усталость, и много чего ещё, лишь бы ходить.

Ходить для меня очень важно, важнее, пожалуй, и нет ничего, ну, кроме Уве. Поэтому я стараюсь, конечно. На уроках стараюсь, а потом гимнастика и специальная дорожка, потому что мало встать на ноги, надо ещё, чтобы мышцы работали. Но теперь они будут работать, потому что выхода у них нет. Ну и ещё потому, что я — не номер, а девочка. А у девочки должны быть красивые платьица, которые она будет носить, и ноги в этом помогут. Так мама говорит, хотя мне это пока ещё странно как-то. Но раз мама говорит, то она лучше знает?

Так проходит несколько дней, и я почему-то начинаю хандрить, пугая Уве. Мне хочется капризничать, но я себя останавливаю, вот только глаза почти всегда на мокром месте, причем заплакать могу от чего угодно. Уже сама на себя злюсь, потому что причин не понимаю совершенно. Мой спаситель тоже беспокоится, пока я не решаюсь поговорить с родителями.

— Мама, папа, — обращаюсь я к ним за обедом. — Я не понимаю, что со мной происходит! Я стала такой плаксой и пугаю моего Уве.

— Да, об этом мы не подумали, — улыбается папа и предлагает маме: — Лучше ты объясни.

— Объясню, — кивает она в ответ.

Я не понимаю, о чём они говорят, осознавая между тем, что это что-то обычное, чего я опять не знаю. От этого хочется снова плакать, но я сдерживаю себя. Постоянно плакать — это неправильно, я могу надоесть Уве, потому что кто же захочет такую плаксу обнимать? Кажется, я сейчас расплачусь...

— Пойдём поговорим, — зовёт меня мама после обеда.

— Уве... — жалобно смотрю я на него, на что он кивает, а мамочка удивляется, но вздыхает, не возражая уже.

Мне очень страшно и жутко некомфортно быть где-то без моего спасителя, поэтому мы везде всегда вместе. И даже если мама хочет о чём-то девочковом говорить, у меня нет тайн от моего Уве. Совсем-совсем никаких тайн нет. Наша мамочка это понимает, поэтому улыбается и начинает разговор, но почему-то обращается к Уве.

— Сын, ты ведь в курсе разницы между твоей

тычинкой и пестиком? — совершенно непонятно спрашивает она, на что мой спаситель молча кивает.

— Погоди, ты хочешь сказать... — начинает он, и на этот раз кивает мама, отчего Уве расслабляется и начинает добро очень улыбаться.

А мамочка рассказывает мне о том, что мальчики и девочки устроены по-разному, ну, это я ещё в лагере видела, а вот что у девочек может быть сюрприз с кровотечением, я не знала раньше. И вот мамочка рассказывает мне разницу в строении, а я внимательно слушаю, понимая, что, если бы пошла кровь, я бы так испугалась, что и умереть от страха могла бы вполне.

— Поэтому я такая плакса? — понимаю я к концу объяснений. — И капризничать хочется?

— Да, маленькая, — кивает мама. — У тебя же такого не было?

— Не было, — качаю я головой. — В лагере, по-моему, ни у кого не было.

— Оно понятно, такой стресс, да ещё и голод, — вздыхает эта волшебная женщина, полностью меня успокоив.

Оказывается, я не плакса вдруг стала, а у меня внутри происходят процессы, которые должны превратить меня в девушку, ну, физиологически, потому что так-то — я всё равно девочка же. Но маленькая ещё. И Уве говорит, что я маленькая, поэтому не надо себе ничего придумывать, я и не придумываю, мне же объяснили всё.

Приняв тот факт, что я — не плакса, а происходящее со мной естественно, я вдруг перестала так много плакать. Мама говорит, что я много плакала, потому что боялась своего состояния, у меня же в первый раз должно начаться. А в первый раз всегда очень страшно. Вот, помню, в лагере, когда в первый раз на «процедуры» привели, что-то в рот совали, было очень-очень страшно, а потом я даже как-то привыкла. Так и сейчас — что-то непонятное стало происходить, но мама объяснила, что это не страшное, и бояться не надо. Вот теперь я и не боюсь, вот.

УВЕ ВЕБЕР

О том, что Алёнушка может не помнить своего дня рождения, родители подумали, предупредив и меня, чтобы не испортить сюрприз. Мы выехали из дома накануне, направляясь во Францию. Моя девочка не спрашивала, зачем мы едем, ей было вполне достаточно и того, что мы едем все вместе. К тому же дорога на запад никаких ассоциаций у неё не будила.

Приехав, мы заселились в отель неподалёку от Парижа, а когда Алёнушка уснула, я принялся готовиться к нашему семейному празднику. День рождения моей девочки — именно наш общий семейный праздник. День будет насыщенным, что я хорошо знаю, поэтому украшаю комнату, где мы проведём две ночи, чтобы утро было очень радостным. Ну, и сам праздник... Папа объяснил мне, что и до лагеря дни рождения Алёнушки не праздновались, поэтому она вполне может не знать, что это такое, и именно поэтому у нас весь день пройдёт в Диснейленде.

Я просыпаюсь первым и с нетерпением ожидаю, когда проснётся моё чудо. Я уже полностью принял тот факт, что она — моё чудо, самое волшебное чудо. Сколько же она прошла, это же просто непредставимо! Но теперь всё позади, и будет моя самая лучшая девочка радоваться жизни, забывая ужасы прошлого, потому что это правильно.

— С днём рождения, милая! — приветствую я Алёнушку, видя её открывшиеся глазки. — С днём рождения!

— Ой... А что это такое? — удивляется этот ребёнок, глядя на цветы, сердечки и шарики, развешенные в спальне.

— Тринадцать лет тому назад миру подарили одно большое чудо — тебя! — объясняю я ей. — Поэтому сегодня в нашей семье — большой праздник.

— С днём рожденья! С днём рожденья! С днём рожденья тебя! — в нашей комнате как-то вдруг оказываются родители, распевающие хорошо всем знакомую песню. — Сын, почему наша доченька плачет?

— От эмоций, — объясняю я, так как уже неплохо разбираюсь в оттенках её настроения. — Моя Алёнушка не знала, что день её рождения — это праздник.

— Как так? — удивляется мама. — Зна-а-ачит, нужно показать нашей доченьке!

Я знаю, что она играет, но Алёнушка смотрит на всё большими круглыми глазами, из которых текут слёзы. Моя девочка впервые переживает такое, для нее многое внове — и праздничный завтрак, и спевший ту же песню персонал отеля, и даже торт. Свечки мы будем вечером задувать, а сейчас у нас очень сладкий и не очень полезный завтрак, но один раз можно, так папа говорит.

А вот затем мы загружаемся в машину и едем в Диснейленд. Алёнушка уже может немного сама ходить, но мы едем на весь день, поэтому с коляской, чтобы не переутомить мою девочку раньше времени. Мы едем, а Алёнушка просто смотрит по сторонам, будто не верит, что всё вокруг настоящее и происходит с ней. И такая она милая в этот момент, что я обнимаю её, не выпуская из рук. Просто постоянно держу на руках.

Нас встречают распахнутые ворота, сказочный замок, множество каруселей и аттракционов, ведь сегодняшний день должен запомниться. Он должен запомниться как самый первый, чтобы зачеркнуть плохие воспоминания, полностью их перекрывая. Мы двигаемся в комнату смеха, а вот комнату страха посещать не будем, зато нас ждут карусели, качели, ну и русские горки, которые папа американскими называет.

День буквально пролетает. Мне сложно остановиться на чём-то одном, чтобы это описать, потому что, заражённый радостью моей Алёнушки, я и сам не замечаю, как пролетает время. Ну и что, что мне четырнадцать? Начиная с каруселей, взлетая на качелях, улыбаясь визгу моей девочки на горках, мы не замечаем, как день пролетает, словно весёлый калейдоскоп... Несмотря на то что мы обедаем в ресторане, обед почему-то совсем не запоминается. Такое чувство, что нас несёт волной счастья сквозь все дивные аттракционы.

Самая главная, конечно, Алёнушка — это её день. Столько счастья и какого-то внутреннего освобождения на её лице я не видел ни разу ещё. Всё-таки мы ещё дети, и именно в Диснейленде это лучше всего понимаешь. Поэтому сегодня я ни о чём не задумываюсь, радуясь вместе со своей самой-самой девочкой на свете. Самой... любимой?

В гостиницу мы возвращаемся уже ближе к вечеру, переполненные эмоциями, ну и уставшие, конечно. Улыбающиеся родители, праздничный ужин и традиционный торт со свечками, потому что положено так. Пусть и для Алёнушки это тоже будет символом. Не только подарки, хотя их тоже надарили, а вот это — торт со свечками, полный счастья день, радостные улыбки и ощущение... Ощущение общности со своей семьёй. Это, по-моему, самое главное, вон как Алёнушка моя глазками блестит.

Для меня всегда было важным знать, что моё рождение для мамы и папы — праздник. Теперь Алёнушка проживает свой день, осознавая ту же истину. Её не просто любят, она — наше сокровище. И моя девочка улыбается, плачет и улыбается, потому что день очень эмоциональный получился, как тут сдержаться?

— Спасибо-спасибо-спасибо, — шепчет Алёнушка, обнимая родителей, ну и меня, конечно, ведь для неё сегодня произошло настоящее чудо.

Все сегодня показывали моей девочке, как она важна. А когда Алёнушка встала с моей помощью из коляски, чтобы пройти несколько шагов, то люди вокруг аплодировали ей, отчего моя девочка совершенно расчувствовалась. Ощущать себя важным, нужным, любимым — этого хочет каждый ребёнок, особенно наша Алёнушка. Поэтому, наверное, спать мы укладываемся долго — моя девочка переполнена эмоциями. Но это, наверное, хорошо... Она долго обнимает меня и благодарит за чудесный день, а потом засыпает со счастливой улыбкой.

А вот ночью выясняется, что моя Алёнушка забыла всё, о чём рассказывала мама. Я просыпаюсь от всхлипываний, сразу же за неё испугавшись.

— Что случилось? — подскакиваю я на кровати. — Болит что? Приснилось что-то?

— Болит... — всхлипывает Алёнушка. — И кровь... Я умру...

— Где кровь? — пугаюсь я ещё сильнее. — Мама! — кричу я, вместо того чтобы посмотреть.

Прибегает мама, в отличие от нас обоих совсем не паникующая. Она поворачивает мою девочку, сразу же обнаружив причину проблемы, я тоже вижу, отчего мне становится стыдно — мама же рассказывала, а я сразу запаниковал.

Мою девочку моют, переодевают, мамочка ещё раз рассказывает нам обоим, что ничего страшного в менструации нет, показывает, где лежат прокладки и выдает Алёнушке обезболивающую таблетку. Больно бывает, в этом тоже нет ничего страшного. Моя Алёнушка счастливо засыпает — вспомнив мамины разъяснения, она очень быстро успокаивается. А я вот долго не могу уснуть, костеря себя за то, что сразу же начал паниковать. Мне так стыдно, что мы разбудили маму, просто слов нет, чтобы объяснить, как...

Двадцать первая глава

ЕЛЕНА ВЕБЕР

Что-то случилось в мой день рождения. Что-то очень важное случилось, хоть я и не поняла, что. После этого дня куда-то исчезла память о лагере. Я, конечно, всё помню, но оно будто бы сквозь вату помнится, совсем не активно. И случилось это после дня рождения. Я пытаюсь вспомнить, что именно тогда произошло, но всё впустую, потому что день был очень насыщенным. А ночью я испугалась вообще...

Я уже не пугаюсь этого, ну, менструации, хотя больно каждый раз, но мама мне даёт таблетку, и потом уже не больно. Всё же, что-то было в тот самый день, что-то произошло, отчего я, кажется, перестала быть очень маленькой, и Уве для меня будто обрёл новое качество. Я стараюсь об этом не задумываться, но иногда меня, конечно, беспокоит это, потому что я не люблю чего-то не понимать.

Я уже хожу... Проститься с коляской оказалось почему-то очень трудно, но мне помог, конечно же, Уве. Поэтому я уже хожу — и это счастье. Сегодня к нам, кстати, обещал приехать герр Шлоссер, потому что скоро уже лето, а потом нас ждёт Грасвангталь. Но вот именно со школой могут быть проблемы, потому что это интернат, а я без моего Уве жить не согласна, и он без меня, кажется, тоже, поэтому родители позвали к нам герра Шлоссера.

Столько времени прошло, кажется, полжизни... Хотя с того момента, когда я упала в траву Леса Сказок, прошло всего только несколько месяцев. Этого так мало, но столько всего произошло... Я по-прежнему дрожу над хлебом и съедаю абсолютно всё, что мне дают, но у меня уже нет паники, нет тревожного ожидания и совсем исчез страх. Если с едой можно ещё объяснить привычкой, то вот со страхом... Я не знаю...

Уве, кажется, совсем не изменился, как заботился обо мне, так и заботится, но вот мне иногда кажется, что я его даже чувствую — его настроение, например. И кажется, он моё тоже. Вот сейчас Уве даёт мне подумать, не тревожит, а просто молча обнимает, показывая, что он рядом. Я ему так благодарна за всё, просто не сказать, как. Ну и мамочке с папочкой, конечно, тоже.

— Я тебя, кажется, чувствую, — признаюсь я

моему самому-самому. — Это потому, что я люблю тебя?

Да, мы сказали это слово в тот день друг другу. Точнее, ночью сказали, когда паника отошла и у меня, и у него. Обнялись и одновременно констатировали факт, как папа говорит. Ну, получается, что это для нас факт. Уве говорит, что оно так и есть, а я ему верю, потому что жить без него просто не хочу, и он без меня тоже. То есть, получается, что мы любим...

— Я тебя тоже чувствую, — улыбается мне мой... любимый. Мама говорит, что так называют тех, кого любишь, ну, если это не дети и не родители. — Наверное, хотя я точно не знаю. Но так ли это важно?

Я задумываюсь и понимаю, что нет, совсем не важно, потому что мы есть друг у друга, мы — как одно целое, а как оно называется и отчего так происходит, не имеет значения. У нас есть поважнее дела — скоро же «в отпуск», как папа это называет. Летом у детей каникулы, а у взрослых — отпуск. Это как каникулы, только короче. Ну, насколько я понимаю объяснения, всё-таки, я не всё ещё знаю, вот и не понимаю кое-чего.

Лето у нас уже на пороге, становится тепло на улице, хотя снега зимой у нас не было, но папа сказал, что это хорошо, потому что не было у меня ассоциаций ненужных. Я сначала даже не поняла тогда, что он имел в виду, но Уве объяснил, и я согласилась, потому что да, хорошо, конечно. Сейчас-то их у меня не будет уже, потому что Уве есть. Мне кажется, это он забрал весь мой страх лагеря, поэтому его не будет уже. Страха, конечно, потому что Уве будет всегда.

Мне уже можно всё кушать, за полгода диета закончилась, а мой нефрит — так болезнь почек называется, которая меня напугала — не стал хроническим. Так сказал дядя доктор, когда осматривал меня в апреле. Живот у меня болит только раз в месяц, а это — обычное дело, поэтому мне разрешили уже и бегать, и прыгать, и даже жареное есть, хотя поначалу страшно было. Боялась я, что живот болеть будет, но он решил не болеть, так что я легко отделалась.

Герр Шлоссер приходит, когда мы отдыхаем после обеда. Несмотря на то, что я уже нормально хожу, мы с Уве так привыкли — отдыхать днём, лёжа рядышком в обнимку. Я очень дорожу этими моментами, потому что чувствую такое единение с моим самым-самым любимым мальчиком... И вот в этот момент приходит герр Шлоссер.

— Ого... — сразу же говорит заместитель ректора школы, стоит ему только увидеть меня и Уве. — Когда успели?

— Когда успели что? — не понимает наша мама, но герр Шлоссер уже тянет из кармана какой-то камень. Он кристаллом называется, потому что полупрозрачный.

— Да, действительно, — кивает наш учитель, глядя сквозь этот кристалл на нас двоих.

— А можно и нас проинформировать? — интересуется Уве. Ему тоже не нравится чего-то не понимать, а сейчас происходящее совсем непонятно нам обоим.

— Вы помолвлены, дети, — совершенно непонятно объясняет герр Шлоссер.

Видя, что мы совсем ничего не понимаем, он начинает объяснять. Но сначала мама зовёт его к столу, чтобы чаю предложить или кофе, где учитель выбирает чай. И вот у стола уже он начинает объяснять нам, ну и маме, конечно, потому что папа на работе. И, пожалуй, это его объяснение отвечает и на мои вопросы. Те самые — о страхе.

— Иногда, очень редко, — рассказывает нам герр Шлоссер, — встречаются души, дополняющие друг друга. Тогда может произойти так называемое Единение, ещё называемое колдовской помолвкой. Это значит, что люди объединяются душами. Начинают чувствовать состояние и настроение друг друга, неспособны обидеть один другого, ну и, как следствие, практически не живут друг без друга.

— Значит, то, что дети почти не расцепляются, это следствие помолвки? — удивляется мама. — Но как происходит это ваше единение?

— Этого никто не знает, — качает головой наш учитель. — Каждый случай примечателен сам по себе. Никаких преобразований или ритуалов, приводящих к этому эффекту, нам неизвестно, да и случаев таких всего пять за последние сто лет.

— А как они будут в школе? — улавливает главное наша мамочка.

— У них будет отдельная комната, — вздыхает герр Шлоссер. — Случай, конечно, редкий, но устроителями школы предусмотренный. Так что никто разлучать их не будет.

Это оказалось самой лучшей новостью за весь вечер — нас разлучать не будут! Ну а тот факт, что я без Уве не живу даже, ни для кого не секрет, по-моему. Так что будущее, получается, у нас солнечное. Ну и отсутствие страха объясняется, конечно. Значит, ура?

УВЕ ВЕБЕР

Вот так новости! Не скажу, что разъяснения герра Шлоссера стали откровением, хотя именно обоснование того, что нас нельзя разлучать, — да, а вот тот факт, что мы связаны, — уже, пожалуй, нет. Я часто об этом задумывался в последнее время, пытаясь понять, когда же Алёнушка из просто очень дорогой для меня девочки стала той, без кого я не умею жить.

Такое ощущение, что так было всегда. Уже и не вспоминается Лаура, как будто и не было её. Когда же Алёнка стала для меня всем? Всё, что говорит о помолвке герр Шлоссер, я, разумеется, слышу. Но у меня получается, что она случилась сразу же, чего быть, конечно же, не может. В самом начале Алёнушка была просто запуганным ребёнком, готовым умереть, а вот потом... Что случилось потом?

Впрочем, так ли это важно? Теперь мы едины, и ничто не разлучит нас. Предупреждение учителя о том, что это — на всю жизнь, я пропускаю мимо ушей — мне никто, кроме неё, и не нужен. И Алёнушке не нужен никто, кроме меня, я это точно знаю, поэтому много раздумывать не надо. А вот о чём надо подумать, так это о том, что моей любимой девочке нужен купальник.

— Мама, — обращаюсь я к маме где-то за неделю до отпуска. — Мне плавки обновить надо, вырос я, и Алёнушке купальник нужен.

— Правильно, сынок, — кивает она мне. — Значит, в субботу поедем и всё купим.

Время летит как-то очень быстро, я даже не замечаю того, как быстро оно пролетает. В школе я и Алёнушка идём, разумеется, в один класс, но вот экзаменов для неё делать не стали, всё-таки немного опасаются учителя переволновать мою девочку, сердечко-то у неё полностью не выздоровело. Ничего особо опасного нет, но всё же...

Время пролетает буквально со свистом. Вот уже и Алёнушка вспомнила всю школьную программу, а программу первого класса Грасвангталя мы дома прошли, потому что там одна теория. Никто не допустит детей к серьёзным вещам, пока не убедится, что технику безопасности все запомнили. Вот помню, притащил кто-то плеер в школу, так он рванул, что только чудом все целы остались. Электричество в школе под запретом, потому что оно — мощный катализатор. С электричеством работать только в старших классах разрешают, а у нас пока нет.

Ну вот, время с момента визита герра Шлоссера пролетело незаметно. Мама пожала плечами, сказав, что мы и так вместе постоянно, а усыновление нам не мешает, потому что запрещено размножаться именно близким по крови людям, а не близким по документам. Так что у чиновников возражений нет, а родители привыкли уже за это время, девять месяцев прошло, тут кто угодно привыкнет.

А мы... С того самого дня — дня рождения моей любимой Алёнушки — она как-то растеряла весь свой страх, перестала бояться не пойми чего, поэтому дела у нас как-то очень быстро пошли на лад. Мне это было сначала незаметно, я просто радовался успехам своей самой хорошей девочки, но вот теперь, оглядываясь назад, понимаю: как-то всё очень быстро понеслось. Вот, казалось, будет очень трудно и придётся с нуля начинать, и вот уже бац — Алёнушка свободно в программе ориентируется. Неужели всё из-за помолвки этой колдовской? Может ли такое быть?

Как-то совершенно неожиданно для меня наступает суббота. Кажется, мы сами стараемся приблизить время летнего отпуска, потому что родители обещали нам... море! Я очень люблю море, а Алёнушка его вообще в жизни не видела никогда. Трудно это представить, ведь море — это же море! А для моря нам нужна одежда, поэтому наша машина уносит нас в сторону одёжного супермаркета, детского пока, потому что размеры у нас пока детские.

— Нужно тебе купальник купить, — объясняю я своей любимой девочке.

— Купальник? — удивляется она.

В бассейн мы не ходили, сначала опасались за почки, а потом — из-за хлора, в общем, так и не решились. Именно поэтому Алёнушка не знает, что такое купальник, значит, будет сюрприз. Я, конечно, объясняю, что это одежда такая специальная, чтобы в море купаться. Тут ещё есть нюанс — грудь расти начала, значит, нужен купальник, который её прикроет, мало ли какие правила приличия в той Испании в отношении девочек, а на пляж, где голые, мы и так не пойдём — и мне не сильно приятно, и Алёнушку напугать могут, зачем это надо?

Так вот, купальники... Они разные, моя любимая девочка сразу же теряется, жалобно глядя на маму, а я раздумываю. Надо бы что-то, что не стесняло бы движения, но и прикрывало от нескромных взглядов. Во-он тот купальник с небольшой юбочкой, по-моему, как раз будет. Нужно же помнить, что в купальнике Алёнушка не красовалась никогда, а в белье и без него у неё ассоциации могут проснуться так себе. В любом случае, зачем рисковать?

— Давай вот этот попробуем, — протягиваю ей вариант из тонкой ткани цвета морской волны.

— Ой, как красиво-о-о, — реагирует на это Алёнушка и, схватив меня за руку, утаскивает в сторону примерочной.

Мы поодиночке разве что в туалете бываем, и то

недолго. Долго моя любимая девочка не может, начинает плакать, причём говорит, что слёзки сами по себе литься начинают. В это я ещё как верю, потому что и мне без неё очень некомфортно. Вот моя хорошая меряет купальник — сверху на бельё, потому что мама так сказала. Ей всё приходится впору, ну и красивая она в этой одежде настолько, что дух захватывает.

Нет, о половых упражнениях я совсем не думаю — рано мне об этом думать, а Алёнушке лет до семнадцати-восемнадцати лучше вообще не думать о таком, это психиатр из больницы говорил, потому что мало ли как память отреагирует, а мучить её совсем никому не надо. Я, по крайней мере, точно не соглашусь мучить мою Алёнушку...

Ну вот, купальник выбран, плавки я себе тоже нашёл в той же, кстати, цветовой гамме, что вызывает у родителей улыбку. И тут я вспоминаю обо всяких приспособлениях для плавания — Алёнушка же плавать не умеет. Вот в этом я разбираюсь плохо, поэтому надо что? Правильно, спросить тех, кто разбирается.

— Папа, мама, Алёнушка же плавать не умеет, — делегирую я проблему взрослым. — Надо доски всякие, да?

— Надо, — кивает папа, после чего в быстром темпе выбирает всё, что нужно.

Папа не любит надолго зависать в магазинах, а мне обычно всё равно. Но сейчас мы покупаем для моей любимой девочки, чтобы у неё было всё-всё для комфортного отдыха. Ведь это её первый отдых на море... Господи, как много у нас за это время было того, что Алёнушка испытывала впервые, и ведь обычные же вещи... Какими же жестокими могут быть люди, лишившие ребёнка простых радостей...

ЕЛЕНА ВЕБЕР

Двадцать вторая глава

Мы едем на море! Я его никогда не видела, но на фотографиях оно очень красивое. Ну и Уве очень любит это загадочное море, поэтому мы едем. Может, и не поэтому мы едем, точнее, летим, но мне хочется думать, что поэтому. Приключение у нас будет двойное, потому что на море мы летим самолётом, что тоже очень интересно, потому что самолёты я видела тоже только на фотографиях.

В аэропорт мы отправляемся на машине, которую можно оставить на парковке на весь срок нашего путешествия, и никто на неё не покусится. Интересно очень, но папа знает лучше, поэтому я просто киваю, устраиваясь поудобнее. До аэропорта нам полчаса ехать, а потом ещё регистрация и всё такое... Папа говорит, что рейс внутриевропейский, поэтому даже документов особо не надо, но мама всё равно берёт наши паспорта. Внутренние паспорта, от названия которых меня продирает холодом, но я понимаю, что это просто название, и *этих* здесь точно нет.

Автомобиль едет по шоссе, называемом автобаном, я к этому уже привыкла, кажется. Ну, к тому, что хоть названия все немецкие, но меня никто не хочет мучить. Наверное, я освободилась от памяти о лагере, потому что пугаться больше не тянет. Я спокойно отношусь к языку, на котором говорю, ну а то, что в лагере я не всё понимала вначале, так это потому, что напугалась слишком, и такое бывает, а ещё старый немецкий и современный — они разные.

Мы подъезжаем к большому зданию, почти полностью состоящему из стекла, ну, мне так кажется. Папа поворачивает в сторону парковки, на ней так и написано: «Долговременная парковка». Тут останется наша машина, а мы пойдём пешком в аэропорт. Уве меня обнимает, поэтому я ничего не боюсь.

Регистрацию на рейс папа сделал из дома, а сейчас нам нужно пройти предполётный контроль, и потом уже будет посадка. Мне немного страшно, потому что те, которые контролируют — они в тёмной одежде, но не чёрной. Уве сразу же показывает мне, что одежда не чёрная, значит, они не *эти*, отчего я выдыхаю. Мне не страшно, вот, ну, почти...

Мы с Уве сидим в зале ожидания, рассматривая

людей и поглядывая на дверь, через которую надо будет идти в самолёт. Перед нами — огромное окно, за которым садятся и взлетают самолёты, похожие на белых птиц с разного цвета хвостами. Они очень красивые. Меня обнимает любимый, и я чувствую себя совершенно расслабленной, потому что ничего плохого случиться совершенно точно не может.

— Не пугайся, — просит меня Уве, когда нас приглашают на посадку.

— Не буду, — улыбаюсь я ему, — ты же рядом.

— Вот и хорошо, — гладит меня по голове мама.

Мы проходим по какому-то коридору, и вдруг попадаем внутрь, как мне Уве объясняет, самолёта. Выглядит, как... как большая машина с кучей кресел. Мой любимый мальчик берёт меня за руку и ведёт к нашим местам. Всё вокруг очень интересное, но совершенно нестрашное. Кресло удобное, Уве рядом, перед нами садятся мамочка с папочкой — что ещё нужно?

Самолёт оказывается совсем не страшным, что меня, конечно же, радует. Я прислоняюсь к плечу Уве и закрываю глаза, но тут гул становится громче, меня вжимает в спинку кресла, и глаза распахиваются сами. Мой мальчик гладит меня, успокаивая, а за небольшим окошком быстро-быстро бежит земля. Гораздо быстрее, чем в машине, но это меня не пугает, потому что Уве спокоен.

Кажется, земля проваливается под ногами, я тихо взвизгиваю, но, кажется, не от страха. В окошко видно, как внизу становятся всё меньше дома и машины, пока не превращаются в квадратики и прямоугольники. На них смотреть неинтересно, поэтому я закрываю глаза, чтобы подремать и не думать себе всякого, как говорит мой Уве.

Просыпаюсь я оттого, что он меня будит. Мы уже почти прилетели, поэтому надо сесть прямо и застегнуть ремень, которым я привязана к креслу. Оказывается, пока я спала, Уве отстегнул его, чтобы мне удобнее было. Он такой заботливый, просто такой чудесный!

Посадка не пугает, хотя иногда мне кажется, что мы падаем, но пока мой любимый спокоен, я тоже буду, он же лучше знает, как правильно, а раз Уве не пугается, то и мне незачем. Так и говорю своему любимому, а он улыбается и гладит меня по голове, что мне очень нравится. Волосы у меня давно уже отросли, они теперь длинные-предлинные. Ну, ещё пока не совсем, но будут обязательно, потому что я хочу косу до... хм... талии. Или даже ниже, вот. Мама говорит, что это такая компенсация, а я просто хочу.

Из аэропорта нас увозит маленький автобус, он шаттлом называется. Это перевозка в гостиницу, значит, такая. Гостиница оказывается просто домиками на берегу моря. Вот в такой домик мы и заселяемся. Две спальни и гостиная, сопряжённая с кухней, чтобы можно было готовить дома, хотя ресторан тут неподалёку, так папа говорит. Несмотря на то что у нас еда входит в стоимость отдыха, может захотеться же чего-то своего, привычного, вот для этого и кухня.

А почти за стенкой что-то шумит и шипит. Мне очень хочется увидеть, что это, но я — послушная девочка, потому жду, когда все пойдут. А ещё — запах, такой горьковато-солёный, свежий, он совершенно ни на что не похож, как будто... Даже сравнения нет.

— А что это пахнет? — интересуюсь я.

— Это море, — отвечает мне любимый. — Так пахнет море. Сейчас мы к нему пойдём, только надо тебя переодеть.

Уве хитрый — он надел плавки ещё в Германии, а мне надо переодеться в купальник. Ну, раздеться полностью для этого, хотя для меня это не проблема, вот уж кого я не стесняюсь, так это Уве. Он меня любой видел же, и мыл, и массировал, и помогал... Поэтому я и переодеваюсь, никуда не прячась. Вот именно стеснительности у меня не появилось, как отбили её в лагере, так и осталась она в прошлом, поэтому спустя несколько минут я уже готова.

— Какая ты у меня красивая! — восхищается Уве, беря меня на руки.

Я для него тяжёлая уже, но мне так нравится, когда он меня на руках носит! А ещё — когда так говорит... Просто очень тепло становится внутри. И Уве, понимая это, несёт меня сейчас к морю. Он выходит из домика, шаг за шагом приближаясь к воде, а я смотрю не отрываясь на эту сине-зелёную волну, набегающую на берег, и чувствую, что сейчас заплачу от восторга.

Мой любимый опускает меня в воду, она тёплая и какая-то подвижная, будто ластящаяся, а не как в ванне. Мне кажется, море здоровается со мной, приветствует меня, и я очень-очень хочу поприветствовать его. Я лежу на мелководье, на меня набегают волны, сразу же отступая, и чувствую я себя при этом какой-то бесконечно счастливой.

УВЕ ВЕБЕР

Вот мы и на море. Глядя в счастливое лицо Алёнушки, я верю, что теперь всё будет хорошо, ведь иначе и быть не может. Как она радуется волнам, как улыбается... Мы только приехали, поэтому сегодня на пляже будем недолго — вечер уже. Я беру Алёнушку под мышки, осторожно утягивая туда, где глубина мне по пояс. Тихо рассказываю о том, что вода удержит, надо только расслабиться, и постепенно у неё получается. Ну и я страхую, конечно, как же иначе.

Мы развлекаемся в воде, пока не наступает пора ужина. Мама зовёт нас с берега, я осторожно вывожу мою любимую девочку почти на берег и совершаю ошибку — позволяю ей идти дальше самой. Она же рассказывала, как заставляли работать в Равенсбрюке, а я забыл, поэтому и не учёл того, что пляж песчаный.

Уже темнеет, закат окрашивает песок в красноватые тона, отчего Алёнушка вздрагивает, но в первый момент я даже не понимаю, в чём дело. Но тут её ноги утопают в песке, моя любимая девочка наклоняется к нему и... падает на колени, заливаясь слезами.

— Что случилось? Поранилась? Ушиблась? — я не понимаю, в чём дело, но Алёнушка только плачет, ни на что не реагируя.

Я беру её на руки и почти бегом направляюсь в сторону домика. Моя девочка вцепляется в меня, кажется, намертво и плачет, плачет так отчаянно, что у меня сердце разорваться готово. Я забегаю в дом, укладываю мою Алёнушку на диван, чтобы осмотреть, но она не позволяет мне сделать этого, вцепляясь в меня так, что даже слегка придушивает.

— Что случилось, сынок? — папа внимательно осматривает девочку, не замечая никаких повреждений.

— Вышли на берег, только ступила на песок, сразу же заплакала... — начинаю я объяснять, и тут до меня доходит: песок! — Ой, я дура-а-а-ак!

— Самокритично, но малоинформативно, — замечает папа, с интересом глядя на меня, а я уже успокаиваю мою самую лучшую на свете Алёнушку.

— В лагере их заставляли грузить песок руками, — объясняю я, прижав к себе свою девочку. — Не плачь, милая, нет лагеря, нет эсэс, никто не будет бить за песок...

Постепенно Алёнушка успокаивается. Она ещё дрожит, всхлипывает, но уже успокаивается, а я глажу её, думая о том, сколько ещё таких сюрпризов оставил нам концентрационный лагерь... Папа тоже понимает, что произошло, поэтому, обняв Алёнушку, рассказывает ей, что песок — это просто песок, он не из лагеря, он просто здесь лежит с незапамятных времён.

Стоит Алёнушке успокоиться, она снова превращается в наивную, любопытную и очень-очень любимую девочку. Ну и, конечно, столько слёз надо заесть сладеньким, поэтому за ужином у нас фруктовый салат и вкусные эклеры, которые очень нравятся Алёнушке. Проходит час-другой, и слёзы забыты, будто и не было их, поэтому мы спокойно уже гуляем, в том числе и по песку.

В лагере их заставляли грузить песок в вагоны ладонями, сильно избивая при этом, поэтому Алёнушка так отреагировала. Она, разумеется, не думала, что её будут бить, но просто слёзы пришли сами. Надо было её на руках нести, это я не подумал просто, забыл... Значит, надо больше не забывать. Просто очень надо.

Несмотря на произошедшее, спит моя любимая девочка спокойно, хотя я ожидаю кошмаров, но они не приходят. Она просто почти залезает на меня и сладко-сладко спит, а я глажу Алёнушку и думаю. Нужно быть готовым к тому, что напомнить лагерь может что угодно, я постараюсь не забывать такие моменты. Заставлять мою девочку плакать совершенно никому не нужно, особенно мне.

Но вот на следующий день слёзы забыты, поэтому мы учимся плавать. Алёнушка лежит грудью на доске, а я её вожу по воде, ну и мама с папой рядом, советуют, помогают, и нравится это моей девочке просто до визга. Постепенно она входит во вкус, разделяя мою любовь к морю. Мы плещемся в воде каждый день, едим много фруктов и мороженого, конечно.

С мороженым целая история была, когда оказалось, что Алёнушка его ни разу в жизни не пробовала, вообще ни разу! Поэтому она набрала себе побольше и объелась, конечно. Хорошо ещё, что не заболела, было бы очень обидно — заболеть в отпуске, но животом помаялась, потому что арбуз, дыня, много мороженого... В общем, животику моей любимой девочки коктейль не понравился. Зато это её научило не жадничать, хоть и удивило — её не ругали, а, напротив, жалели и сочувствовали.

Пожалуй, этот эпизод с песком был последним, что всколыхнуло память Алёнушки, больше ничего такого не было. Поэтому, наверное, месяц отдыха пролетел, как один день — как-то очень быстро и счастливо. Очень мне нравится смотреть на улыбку моей любимой девочки, слышать её заливистый счастливый смех и точно знать — ничего плохого произойти не может.

— А ты меня не догонишь! — кричит Алёнушка, уплывая от меня.

— А вот и догоню! — отвечаю я ей, устремляясь вслед.

Конечно же, я не стремлюсь её догнать, но догонялки, игры с песком, несмотря на то, что мы большие уже вроде, дарят нам обоим просто море удовольствия.

Моей любимой девочке очень нравится строить причудливые замки из песка, ведь в детстве у неё этого совсем не было. И я с ней, конечно же, ведь мы едины. Иногда я это даже чувствую — мы одно целое.

Может быть, мы были изначально предназначены друг для друга, и поэтому она смогла вернуться туда, где был я? Это старинная легенда колдовского мира — о предназначении. Две души, настолько близкие, что дополняют друг друга, тянутся сквозь пространство и время, стремясь объединиться. И хотя это бы объяснило, как моя любимая девочка оказалась в Лесу Сказок, я не думаю, что причина в предназначении. Просто так получилось, и хорошо, что получилось именно так.

Месяц заканчивается, скоро нам нужно будет лететь домой. Алёнушка ещё поправилась, округлилась, у неё растёт грудь, что поначалу моё солнышко удивило, а потом обрадовало. Загорела хорошенько. Теперь она совсем не напоминает тот бледный скелетик, который я увидел впервые на траве в лесу, а самое главное — она забыла номер. Тот самый, которым её заклеймили в далекие уже годы, назвав животным.

Скоро, совсем скоро самолет «Люфтганзы» унесёт нас домой, где мы пробудем полторы недели, после чего нас ждёт Грасвангталь — школа, с которой всё началось. Но теперь мы поедем туда без страха, потому что мы вместе. Просто навсегда вместе, потому что это же Алёнушка.

У нас есть родители, готовые нас обоих защитить,

целая страна, готовая не допустить того, что было когда-то давно, и школа, где нам абсолютно точно ничего не угрожает. Скоро, совсем скоро закончатся каникулы, но ведь они не последние. Мы ещё не раз приедем сюда, чтобы счастливо смеяться и плескаться в волнах. Так будет. Я знаю это.

Двадцать третья глава

ЕЛЕНА ВЕБЕР

Вот и пролетели каникулы. Немного грустно это осознавать, хотя впереди жутко интересная школа, но там не будет мамочки и папочки — интернат же, от этого немного страшно. На уроки я буду с Уве ходить, он ради меня на второй год остаётся, поэтому страшно не должно быть, наверное.

Мне немного тревожно на душе, потому что без родителей может быть совсем грустно, но, с другой стороны, рядом будет Уве... Мы уезжаем сегодня, от этого у меня на душе раздрай и хочется плакать. Мой любимый видит, конечно, моё состояние и старается не давать мне грустить, а я лащусь к маме и папе. Они за это время стали мне настоящими родителями, я уже и забыла, что когда-то был кто-то другой. И лагерь забыла... наверное. По крайней мере, стараюсь не вспоминать.

— Разгрустнелось Алёнушке, — вздыхает Уве, гладя меня. — Мы на каникулы приедем, ты и соскучиться не успеешь.

— Я успею, я уже соскучилась, — информирую его, но робко улыбаюсь.

— Поехали на вокзал, дети, — вздыхает папа, погладив меня по голове.

Родителям тоже тревожно, я вижу, только мама чему-то улыбается, едва-едва, но заметно. Она как будто готовит сюрприз, о котором не хочет говорить. Интересно становится, просто жуть, но я мамочку знаю, придёт время — и только тогда скажет, а пока у меня в душе оживает робкая надежда на то, что всё будет хорошо. В конце концов, у меня есть Уве, и, если что, мы справимся. Да и не в пустыне же жить будем...

Значит, абсолютно всё должно быть хорошо. Мне даже представляется, как мы закончим этот год, потом ещё и ещё, а пото-о-ом... Интересно, кем хочет быть мой любимый? Надо будет спросить его, потому что я хочу тем же заниматься, чтобы никогда-никогда с ним не расставаться. Это же правильно, не хотеть расставаться с любимым?

Я усаживаюсь в машину, привычно пристегиваясь, рядом с Уве, мы едем в школу, при этом у меня нет ощущения... ну того, которое было, когда в Аушвиц перевели. Нет страха перед будущим, мы просто едем на вокзал. Грусть от расставания с родными есть, а страха как раз нет. Можно сказать, от страха меня окончательно вылечило море.

Автомобиль едет в сторону железнодорожного вокзала, откуда скоростной поезд унесёт нас в Женеву через Цюрих. Часов за пять доедем, наверное, может, и быстрее даже. Поезд для нас бесплатный, потому что в школу, но я бы хотела ехать машиной с родителями, хоть немного ещё с ними побыть... Капризничаю, да. Боязно мне без них оставаться, а вдруг... Нет, ничего не может случиться, герр Шлоссер же сказал, что всё закончилось — значит, закончилось, и нечего об этом думать.

Вот и вокзал... Мы выходим из машины, и я кидаюсь к маме, потому что плакательно мне что-то. Она обнимает меня, и от её рук становится легче на душе. Переглянувшись с папой, мама отчего-то кивает, прижимая меня к себе.

— Не надо плакать, маленькая, — ласково говорит она мне. — Мы встретимся даже раньше, чем ты думаешь.

— Раньше? — удивляюсь я. — Как так?

— Мы поговорили с герром Шлоссером, — объясняет папа, улыбаясь. — Выходные будете проводить дома.

— Дома? Выходные? — я сначала не верю в то, что слышу, а потом визжу от счастья.

Сначала я думаю, что Уве всё знал, но, увидев выражение его лица, понимаю: для него это такой же сюрприз, как и для меня. Здорово, что родители подумали о нас, теперь можно ехать со спокойным сердцем, потому что через пять дней я снова обниму маму. Это для меня просто бесценно — мама, папа и Уве. Я счастлива оттого, что они у меня есть.

Вот подходит наш поезд, и мы, подхватив небольшие чемоданы с одеждой, заходим внутрь. Конечно, я целую мамочку и папочку на прощание, а чемоданы хватает Уве. И вот так мы заходим в вагон. Он выглядит для меня необычно — сидячие места, как в машине или автобусе, но разделённые на комнатки. Уве говорит, что такие комнатки называются «купе», а я запоминаю. Я не все ещё слова выучила, поэтому с удовольствием запоминаю новые.

Поезд почти сразу даёт гудок и начинает движение, так что даже создаётся впечатление, что он останавливался только ради нас, хотя это, разумеется, не так — просто стоит скоростной поезд у нас на станции всего три минуты. Я принимаюсь махать родителям в окно, а они машут мне, но поезд очень быстро набирает ход, отчего я чуть не падаю, и Уве усаживает меня в кресло.

За окном всё быстрее и быстрее пролетают деревья, как в самолёте на взлёте, я же сижу с моим любимым в обнимку, совершенно не ощущая страха и не чувствуя себя номером. Впереди у нас несколько лет учёбы, а потом... Кстати!

— Уве, а ты кем хочешь стать? — интересуюсь я у любимого.

— Наверное, врачом, — задумчиво отвечает он. — Пока тебя не встретил, думал в блюстители пойти, но потом понял, что помогать людям мне хочется иначе. А ты?

— А я — как ты, — хихикнув, говорю ему. — Потому что я без тебя совсем-присовсем не смогу!

Уве сначала хочет возразить, а потом задумывается и медленно кивает. Он меня понял! Всё-таки, хорошо, что мы вместе навсегда. Потому что так, по-моему, правильно. И любимый знает, что так правильно, потому что мы чувствуем друг друга. Настроение, некоторые желания, ну и... А герр Шлоссер говорит, что со временем мы будем чувствовать только больше.

— Уве? — какая-то девочка, входя в купе, с удивлением смотрит на моего любимого. — Ты так быстро исчез, я думала...

— Здравствуй, Лаура, — кивает Уве, не давая ей закончить. При этом он обнимает меня, и не думая убирать руки. — Познакомься, это Елена, моя любимая.

— Любимая?! — поражается девочка, взглянув на меня с непонятной злостью, но я не пугаюсь, потому что рядом со мной Уве.

— Мы связаны Единением, — отвечает ей мой самый любимый мальчик, показывая, что у неё шансов нет.

Вот теперь во взгляде той самой девочки, которая заставляла любимого нервничать, появляется непонятный мне страх. Она быстро прощается и исчезает, будто растворившись в воздухе, а я понимаю: пока рядом Уве, мне совсем-совсем ничего не страшно.

Я помню, что говорил герр Шлоссер о нашем с Уве статусе — нас нельзя обижать и пытаться разбить нашу пару тоже, потому что наказывает за такое сама Судьба, а она — тётя жёсткая, ну, так говорит наш учитель. Наверное, поэтому Лаура испугалась. Впрочем, это уже и неважно, потому что у меня есть он, а у него есть я, и это навсегда.

Самое важное в своей жизни я уже обрела, и ради такого чуда я не считаю пережитое слишком большой ценой. Взамен у меня есть Уве. И это самое большое чудо в моей жизни. Большее я себе представить просто не могу. Хотя, конечно, оно будет.

И я знаю: когда у нас родится малыш, я буду очень-очень счастливой... Но это случится нескоро, хоть и обязательно. Я просто знаю это.

УВЕ ВЕБЕР

Вот и заканчивается история о девочке, прошедшей нацистский лагерь, чтобы вернуться в мирную жизнь, ну а наша с Алёнушкой история не закончится никогда. Сейчас мы едем в школу, чтобы учиться колдовству, никогда не расставаясь. Новость о том, что мы с родителями будем видеться на выходных, меня, конечно, радует, потому что Алёнушке всё-таки тяжело без мамы.

Год прошёл с тех пор, как в моих руках оказалось

это волшебное чудо. Много воды утекло за это время, мы многое смогли, многому научились, но самое главное, чего я достиг — понимание моей Алёнушки, ведь она — настоящее большое чудо. Самое большое в моей жизни. Я её очень люблю и чувствую её любовь в ответ, поэтому я счастлив, точно зная: всё плохое закончилось в нашей жизни навсегда.

Поезду нужно четыре часа, чтобы долететь до Женевы, всё-таки скорость у него — за триста километров в час, а расстояния сравнительно небольшие. Мы ещё привыкнем к этому: в пятницу после уроков — на вокзал, в воскресенье вечером — с вокзала. Ну а в старших классах уроки в понедельник начинаются после обеда, что будет нам дарить ещё одну ночь дома.

Вот мы скоро доедем, а там автобус соберёт школьников и повезёт в Грасвангталь. Впереди у нас учёба, но абсолютно точно без сюрпризов того типа, что произошли с Алёнушкой. В любом случае с нами случилось чудо, и теперь любимая моя со мной, как и я с ней.

— Уве, привет! — здоровается со мной Ганс, обнаружившийся в нашем вагоне. — Привет, Ленхен!

Он сын ректора, поэтому всех знает, ну а факт того, что мы с Алёнушкой едины, вряд ли мог пройти мимо его внимания. Так что его улыбка понятна. Вот что интересно, любимая незнакомца не пугается, а мягко улыбается ему. И это, по-моему, очень хорошо.

— Привет, Ганс, — здороваюсь я в свою очередь. — Что нового?

— Кроме того, что ты год пропустил, зато обрёл истинную любовь? — удивляется сын ректора. — Лаура пыталась к Клаусу подкатить, но была послана в далёкие края, Барбара обещала ей патлы повыдергать и что-то даже сделала, но доказать не смогли...

— И не особо старались, — киваю я, теперь понимая, почему у испугавшейся Лауры стрижка была довольно короткой, для неё нехарактерной. — Ну а кроме слухов?

— Говорят, герр Келлер где-то раздобыл функционирующее Кольцо Перехода, так что, возможно... — Ганс многозначительно замолкает.

Это, пожалуй, тоже легенда — Кольцо Перехода, ещё называемое Порталом. Говорят, в древности люди умели создавать такие артефакты, которые позволяли переходить на значительные расстояния за считанные секунды. Если нашим учителям удалось раздобыть такой, то это ещё ничего не значит, а вот если они повторят технологию, тогда да... Тогда, возможно, Грасвангталь однажды перестанет быть интернатом. Очень хочется на это надеяться, хотя, конечно, сказки всё это.

Мы весело болтаем до самой Женевы, перебирая свежие слухи, при этом мне вполне комфортно общаться. Постепенно и Алёнушка втягивается в беседу, начинает задавать вопросы, живо интересоваться распорядком, кто с кем дружит, ну и так далее. Наверное, поэтому, мы почти не замечаем, как прибываем в Женеву.

Здесь нас ждёт школьный автобус, который увезёт нас сейчас прямо к школе. Для Алёнушки это будет первый раз, когда она войдёт в Грасвангталь, хоть и учиться будет на класс старше. Герр Шлоссер думал провести её тем путём, по которому идут первоклассники — спуском с горы Рюбецаль, но я воспротивился, потому что дорога проходит через Лес Сказок, Алёнушка может вспомнить и испугаться, да и мне не по себе будет — а вдруг? Этот страх останется со мной, пожалуй, навсегда... Именно поэтому автобус довозит нас до самой школьной площади. Отсюда начинается наш новый путь.

Красивые фонтаны исторгают струи воды в голубое небо, школьная площадь полна учеников и учителей, дышится как-то очень легко и спокойно. Кажется, школу грозным рыцарем охраняет гора Рюбецаль, а раскинувшийся по обе стороны Лес Сказок выглядит, как крылья дракона. Я беру Алёнушку за руку, ведя её к герру Шлоссеру. Нужно же выяснить, где нас поселят?

— Здравствуйте, герр Шлоссер, — одновременно здороваемся мы, вызвав улыбку нашего учителя.

— Здравствуйте, Веберы, — отвечает он нам. — Знаю, о чём вы хотите меня спросить, следуйте за мной.

Конечно же, он всё понял, поэтому просто ведёт нас за собой в школу. Мы проходим по коридору первого этажа, затем поднимаемся, пропуская учебный этаж, и вот почти под самой крышей, где расположены жилые помещения, заместитель ректора показывает нам рукой на дверь, находящуюся прямо напротив лестницы. Латунная табличка на ней гласит: «Семья Вебер», что вызывает у меня улыбку, а Алёнушка вытирает глаза.

Моя любимая — вовсе не плакса, просто у неё эмоции, их много, и так они находят выход. А поскольку плакать никто не запрещает и не наказывают здесь за слёзы, то она и не сдерживается. Сейчас я могу её понять, да и герр Шлоссер отлично понимает мою девочку — ведь мы действительно семья. От той дорожки в Лесу Сказок и на всю жизнь мы — семья.

За дверью обнаруживается вполне себе удобная двухкомнатная квартира, даже с небольшой кухней. Плита на две конфорки газовая, значит, надо будет научиться ею пользоваться. Чайник железный, ну и колдовской холодильник-артефакт. А в комнатах у нас обеденный стол, пять стульев, шкаф с посудой — это, видимо, гостиная, ну и спальня с двуспальной кроватью, что вполне логично, учитывая наш статус.

Кому-то может показаться развратом, но на самом деле — нет, пока Алёнушка не будет готова, у меня даже желания не возникнет, такова особенность нашей связи, ну и рано нам о постельных упражнениях думать — учиться надо.

В этом месте мы будем проводить наши учебные будни, а на выходные — домой. Через два года колдуны, наконец, сумеют разгадать секрет Кольца Перехода, и школа перестанет быть интернатом, что нас ничуть не расстроит — всё-таки с родителями и Алёнушке, и мне намного комфортнее.

Заглядывая в будущее, можно сказать, что страх к Алёнушке не вернётся никогда, ничто больше не напомнит ей о лагере. Мы с отличием окончим школу, поженимся в положенный срок и поступим в Университет. И вот тогда не удержимся, конечно, поэтому спустя два года у нас родятся удивительные малыши — мальчик и девочка, очень похожие друг на друга. Конечно же, это станет огромной радостью, хоть и внесёт свою изюминку в процесс обучения. Но нас всегда поддержат родители, да и мы сами не испугаемся трудностей. Поэтому наша жизнь будет очень счастливой, потому что так правильно.

ГДЕ-ТО, КОГДА-ТО...

— То есть, получается, вообще без внешнего вмешательства всё произошло? — удивилась Светлана, отходя от проекции мира.

— Как вы можете видеть, здесь люди справились сами, — заметил учитель. — Так что на этот раз ни Мия, ни Забава свои шаловливые ручки к миру не приложили.

— Надо же, — хмыкнул Виктор, обнимая жену. — В кои-то веки без Забавы обошлись.

— Ничего, — улыбнулась женщина, прислоняясь спиной к мужу. — Доченька найдёт, где нашалить.

Редкий случай, когда вмешательства вообще не

потребовалось, был интересен именно в качестве урока. Ведь демиурги должны понимать: далеко не всегда нужно действовать, иногда достаточно просто подождать, как и в этом мире. Глядя на счастливую пару, Света улыбалась — так они были похожи на них с мужем. А Веберы жили своей жизнью, с годами оставаясь всё такими же любящими, о чём и свидетельствовал золотой ореол их душевной связи, хорошо видный демиургам.

Этот мир справился сам, а слушатели Академии Демиургов выучили этот урок, радуя своего учителя. Иногда надо просто подождать, ибо терпение есть величайшая добродетель.

Так закончилась история о девочке, попавшей в концлагерь по собственной невнимательности и по злому умыслу людей, а затем вернувшейся оттуда, чтобы обрести величайшее чудо в жизни. Но, разумеется, не закончилась история счастливой семьи Вебер.

Сноски

ПЕРВАЯ ГЛАВА

1. Встать! (нем.).

ВТОРАЯ ГЛАВА

1. Газовая камера на колесах.
2. Надзирательницы (лагерный сленг).
3. Раздеться! (нем).
4. Крематорий (нем.).
5. Вот, господин штандартенфюрер, славянка. Хороший материал! (нем.).
6. Попробуйте её простимулировать, посмотрим, что она может (нем.).
7. Нет, Фридрих, она бесполезна. Это животное нужно утилизировать. Вы можете использовать её, как пожелаете (нем.).
8. Одиннадцатый блок. Смертным его называли и узники, и эсэсовцы. В нём проводили опыты над людьми, в том числе и над детьми.

СЕДЬМАЯ ГЛАВА

1. Больница (лагерный сленг).

ВОСЬМАЯ ГЛАВА

1. Так называлась похоронная команда в Освенциме.

ДЕВЯТАЯ ГЛАВА

1. Прислужник из числа заключенных (лагерный сленг).
2. Тележки, на которых перевозились трупы, а также сам процесс перевозки (лагерный сленг).

ДЕСЯТАЯ ГЛАВА

1. SU на винкеле означало советских заключенных.

ОДИННАДЦАТАЯ ГЛАВА

1. Куртка робы заключенного в Освенциме (лагерный сленг).

ДЕВЯТНАДЦАТАЯ ГЛАВА

1. Концлагерь Равенсбрюк был освобожден частями Красной Армии 30 апреля 1945 года.

Содержание